Ludwig Uhland, J. W. (Johann Wilhelm) Schaefer

Ausgewählte Gedichte

Ludwig Uhland, J. W. (Johann Wilhelm) Schaefer

Ausgewählte Gedichte

ISBN/EAN: 9783743680234

Hergestellt in Europa, USA, Kanada, Australien, Japan

Cover: Foto ©Andreas Hilbeck / pixelio.de

Weitere Bücher finden Sie auf **www.hansebooks.com**

Verlag der J. G. Cotta'schen Buchhandlung Nachfolger in Stuttgart.

Schulausgaben deutscher Klassiker
mit Einleitungen und erklärenden Anmerkungen
herausgegeben von
R. Bechstein, J. Lichtenheld, M. Niehki, J. W. Schaefer, H. Weismann u. a.

(Jedes Bändchen ist kartoniert.)

Bechstein, Das höfische Epos. (Auswahl aus Hartmann von Aue, Wolfram von Eschenbach, Gottfried von Straßburg) . . M. 1. 20.
Geibels Gedichte in Auswahl. . . . . „ 1. —
Goethes Egmont . . . . „ —. 80.
— Gedichte . . . . „ —. 80.
— Götz von Berlichingen . . . . „ —. 80.
— Hermann und Dorothea . . . . „ —. 80
— Iphigenie auf Tauris . . . . „ —. 80.
— Prosa. 2 Abteilungen . . . . à „ —. 80.
— Torquato Tasso . . . . „ —. 80.
Grillparzers Ahnfrau . . . . „ 1. 20.
 „ König Ottokars Glück und Ende . . . . . . „ 1. 20.
 „ Goldenes Vlies . . . . „ 1. 40.
Herders Ausgewählte Dichtungen . . . . „ 1. —
— Cid . . . . „ 1. 20.
Humboldt, A. von, Auswahl aus seinen Werken . . . . . „ 1. 10.
Kleist, Prinz Friedrich von Homburg . . . . „ 1. 20.
Lessing, Minna von Barnhelm . . . . „ —. 80.
— Nathan der Weise . . . . „ —. 80.
Platens Ausgewählte Gedichte . . . . „ 1. 10.
Schillers Braut von Messina . . . . „ 1. —
— Gedichte . . . . „ 1. —
— Geisterseher . . . . „ —. 80.
— Jungfrau von Orleans . . . . „ 1. —
— Maria Stuart . . . . „ —. 80.
— Prosa . . . . „ 1. —
— Wallenstein. 2 Abteilungen . . . . à „ —. 80.
— Wilhelm Tell . . . . „ —. 80.
Uhlands Ausgewählte Gedichte . . . . „ . —
— Ernst, Herzog von Schwaben . . . . „ 1. —
— Ludwig der Bayer . . . . „ 1. 20.
Walther von der Vogelweide, Ausgewählte Gedichte . . . . „ 1. 10.

Verlag der J. G. Cotta'schen Buchhandlung Nachfolger in Stuttgart
auf dem Gebiete der

Erziehungs- und Sprachwissenschaft.

Berlin, Dr. J. M., Die Natur. Ein Lesebuch für Schule und Haus. Nach dem Schwedischen frei bearbeitet von Dr. Lorenz Tutschek. Siebente verbesserte und vermehrte Auflage. Mit 175 in den Text eingedruckten Holzschnitten. Preis geheftet M. 4. —

Baumgart, Hermann, Handbuch der Poetik. Eine kritisch-historische Darstellung der Theorie der Dichtkunst. Preis geheftet M. 10. —

Birch-Hirschfeld, Adolf, Geschichte der französischen Litteratur seit Anfang des XVI. Jahrhunderts. Erster Band, erste Hälfte: Zeitalter der Renaissance. Preis geheftet M. 6. 75.

Erdmann, Oskar, Grundzüge der deutschen Syntax nach ihrer geschichtlichen Entwicklung dargestellt. Erste Abteilung: Gebrauch der Wortklassen. Die Formationen des Verbums in einfachen Sätzen und in Satzverbindungen. Preis geheftet M. 3. 50.

Kaufmann, Georg, Geschichte der deutschen Universitäten. Erster Band: Vorgeschichte. Preis geheftet M. 8. —

Lange, Dr. Wilhelm, Sprech- und Sprachschule. Ein Lesebuch für die deutsche Jugend zur Beförderung ihres Sprachvermögens. Vierte Auflage, umgearbeitet vom Rektor J. D. R. Ostmann. Preis geheftet M. 2.

Mozin, Abbé, Deutsch-französisch und französisch-deutsches Handwörterbuch zum Schul- und Privatunterricht. Neueste Auflage. Preis geheftet M. 3. —
In geschmackvollem Einband M. 4. —

Peschier, A., Wörterbuch der französischen und deutschen Sprache. Dritter Abdruck. 2 Bände. Preis geheftet M. 8. —
In 2 geschmackvollen Einbänden M. 8. —

Ribbeck, Otto, Geschichte der römischen Dichtung. Erster Band: Dichtung der Republik. Zweiter Band: Augusteisches Zeitalter. Preis M. 15. 75.

Schleicher, August, Die deutsche Sprache. Fünfte Auflage. Preis M. 7. —

Schmid, Dr. K. A., Geschichte der Erziehung vom Anfang bis auf unsere Zeit, bearbeitet in Gemeinschaft mit einer Anzahl von Gelehrten und Schulmännern. Erster Band und zweiter Band, zweite Abteilung. Preis M. 22. —

Simrock, Karl, Altdeutsches Lesebuch in neudeutscher Sprache. Zweite teils vermehrte, teils verkürzte Auflage. Preis M. 5. —

Sophokles' Tragödien, übersetzt von Gustav Wendt. 2 Bände.
Preis geheftet M. 7. —. In 2 geschmackvollen Einbänden M. 9. —

Sophokles' Antigone, verdeutscht in den Formen der Urschrift, mit Erläuterungen und Analysen der einzelnen Scenen und Chorlieder und einem Versuch über Ursprung und Wesen der antiken Tragödie von Dr. L. W. Straub.
Preis geheftet M. 1. 80.

Specht, Franz Anton, Geschichte des Unterrichtswesens in Deutschland von den ältesten Zeiten bis zur Mitte des dreizehnten Jahrhunderts. Eine von der historischen Kommission bei der königlich bayerischen Akademie der Wissenschaften gekrönte Preisschrift. Preis geheftet M. 8. —

Stein, Lorenz von, Das Bildungswesen. Erster Teil: Das System und die Geschichte des Bildungswesens der alten Welt. Zweite ganz neu bearbeitete Auflage. Preis geheftet M. 8. —

— Zweiter Teil: Das Bildungswesen des Mittelalters. Scholastik. Universitäten. Humanismus. Zweite ganz neu bearbeitete Auflage. Preis geb. M. 10. —

— Dritter Teil, erstes Heft: Die Zeit bis zum neunzehnten Jahrhundert.
Preis geheftet M. 10

Druck der Union Deutsche Verlagsgesellschaft in Stuttgart.

Uhlands ausgewählte Gedichte.

Schulausgabe

mit Anmerkungen von Prof. Dr. J. W. Schaefer in Bremen.

Fünfte Auflage.

Stuttgart 1891.
Verlag der J. G. Cotta'schen Buchhandlung
Nachfolger.

Druck der Union Deutsche Verlagsgesellschaft in Stuttgart.

Inhalt.

	Jahr	Seite
Einleitung		V

I. Lyrische Gedichte.

	Jahr	Seite
An das Vaterland	1814	1
Frühlingslieder.		
1. Frühlingsglaube	1812	1
2. Frühlingsruhe	1812	2
3. Frühlingsfeier	1812	2
4. Morgenlied	1811	3
Lied eines Armen	1805	3
Schäfers Sonntagslied	1805	4
Des Dichters Abendgang	1805	5
Die sanften Tage	1805	5
Die Kapelle	1805	7
Des Knaben Berglied	1806	7
Der König auf dem Turme	1805	8
Lied eines deutschen Sängers	1814	9
Auf einen Grabstein	1820	10
Hausrecht	1816	10
Am 18. Oktober 1816		11

II. Balladen und Romanzen.

	Jahr	Seite
Das Schloß am Meere	1805	14
Der schwarze Ritter	1806	15
Die Vätergruft	1805	17
Die drei Lieder	1807	18
Die Rache	1810	19
Der blinde König	1804. 1814	20
Der gute Kamerad	1809	22
Die Mäherin	1815	23

Inhalt.

	Jahr	Seite
Sängerliebe		24
1. Rubello	1814	25
2. Durand	1814	27
3. Der Castellan von Coucy	1812	29
4. Dante	1814	32
Bertran de Born	1829	35
Der Waller	1829	37
Die verlorene Kirche	1812	40
Das Glück von Edenhall	1831	42
Der Schenk von Limburg	1816	44
Taillefer	1812	47
Die Jagd von Winchester	1810	50
Klein Roland	1808	51
Roland Schildträger	1811	56
Schwäbische Kunde	1814	63
Die Bibassoabrücke	1834	65
Ver sacrum	1829	67
Des Sängers Fluch	1814	71
Tells Tod	1829	73
Graf Eberhard der Rauschebart	1815	76
1. Der Ueberfall im Wildbad		77
2. Die drei Könige zu Heimsen		79
3. Die Schlacht bei Reutlingen. 1377		81
4. Die Döffinger Schlacht. 1388		85
Anmerkungen		88

———✕———

Einleitung.

Ludwig Uhland wurde geboren zu Tübingen am 26. April 1787,
† daselbst am 13. November 1862.)

Herder gebührt das unbestrittene Verdienst, die wahrhaft volkstümlichen Dichtungen, das **Lied** und die damit verwandten epischen Nebenzweige, die **Ballade** und **Romanze**, in unsere Poesie eingeführt zu haben. Die gehaltvollen, feurig anregenden Worte in seiner Abhandlung über die Lieder alter Völker und die sie begleitenden Proben von Volksliedern in geschmackvoller Uebersetzung und Bearbeitung fielen auf fruchtbaren Boden, und die einige Jahre später erscheinende Sammlung von Volksliedern, welche nachmals „Stimmen der Völker in Liedern" betitelt ward, wurden Vorbilder für die volkstümlichen Balladen **Goethes** und **Bürgers**; in ihrem Freundeskreise knüpfen die Romanzen **Stolbergs** schon an die ritterliche Romantik der folgenden Zeit an.

Goethe in seiner späteren Periode sowie **Schiller** entfernten sich wieder von der epischen Volkspoesie und schufen als besondere Gattung jene Kunstballaden, welche im Grunde nur kunstvolle poetische Erzählungen sind, die nicht von dem geheimnisvollen Naturgefühl, wie es in der Sage waltet, ihren Gehalt empfangen, sondern von der sittlichen Idee, welche die Handlung durchdringt und leitet. An die Form der poetischen Erzählungen der beiden Meister lehnen sich einige verwandte Dichtungen **A. W. Schlegels** an, der überall in ihre Fußstapfen tritt, bloße Erzeugnisse der Kunstpoesie ohne irgend welche volkstümliche Anklänge (Arion, der heilige Lukas u. a.).

Mit dem neuen Jahrhundert lenkte die romantische Schule wieder auf die ritterliche Sage und die Legende des Mittelalters zurück und beleuchtete sie mit dem mystischen Glanze der geheimnisvollen poetischen Naturbetrachtung. Der Zauber der Waldeinsamkeit, der mondbeglänzten Nacht suchte in lyrischen Klängen einen Ausdruck, der in dem Minnegesang des Mittelalters, zum Teil in der unter dem Titel „Des Knaben Wunderhorn" 1806 erschienenen Sammlung Volkslieder von Arnim und Brentano seine Vorbilder fand, einer Fortsetzung der Herderschen Sammlung mit specieller Begünstigung der Tendenzen der romantischen Dichterschule.

Das war die Zeit, in der Uhland mit den ersten bescheidenen Jugendversuchen in die Reihe der deutschen Dichter eintrat. Von diesen ältesten seiner Lieferklänge, die mit 1804 beginnen, hat er nur wenige wert gehalten, in die Sammlung seiner Gedichte aufgenommen zu werden. Wenn auch selbst unter diesen wenigen noch manches Unbedeutende sich findet, so entscheidet sich doch die Richtung der Uhlandschen Poesie, und einige zählen wir noch jetzt zu ihren Perlen: des Dichters Abendgang, die sanften Tage, der König auf dem Turme, die Kapelle, Schäfers Sonntagslied, des Knaben Berglied, das Schloß am Meere. Lange Zeit suchte er nach einem Verleger einer Sammlung, die erst 1815 erschien. Indes war es eher ein günstiges Geschick zu nennen, das ihn von der Veröffentlichung fernhielt, bis seine Poesie eine größere Reife erlangt hatte. Einzelne Gedichte machten ihn im engeren Kreise durch den Abdruck in Almanachen bekannt.

Vielfach förderte ihn das tiefere Eingehen in die nordisch-germanische und die romanische Sagenpoesie. Hatte er in den Jugendversuchen mehr einer zarten, romantisch angehauchten Liebespoesie gehuldigt, so führte ihn die Beschäftigung mit dem altfranzösischen Epos, das er mit strengem wissenschaftlichen Ernst der Forschung während seines Aufenthalts in Paris nach vollendeten juristischen Studien in den Jahren 1810 und 1811 gründlich kennen lernte, in die mittelalterliche Sagenwelt ein, wovon sich seine Poesie manchen schönen Strauß wand. Die

Romanze gedieh unter seinen Händen zu ihrer vollen Bedeutung und Herrlichkeit. Beispielshalber erwähnen wir, da die letzten ein Gemeingut des Volkes geworden sind, unter den älteren nur die Roland-Romanzen, die tiefempfundenen Romanzen „Sängerliebe" und die der Geschichte entnommenen Erzählungen: Taillefer und die Jagd von Winchester. Es war das reichste Jahrzehnt seiner dichterischen Produktivität.

Anfangs hatte daran das patriotische Gefühl, das nachmals so mächtig in seiner Dichtung wie in seinem Handeln hervortrat, nur geringen Anteil. Unter dem napoleonischen Druck, den das südliche Deutschland als Glied des Rheinbundes weniger tief empfand, als das niedergetretene nördliche Deutschland, schwiegen in ihm die patriotischen Regungen; Sage und Dichtung der Romantik beherrschten sein Inneres. Als aber Deutschland sich aus tiefer Schmach erhob und den Heldenkampf für seine Befreiung mutig durchkämpfte, da ergriff auch ihn jene Begeisterung, von der er selbst gestand, er habe eine ähnliche nie erlebt. Jetzt dünkte ihn „alles, was er bisher von Minne, Mai und Wein gesungen, Tand"; „dir," rief er dem Vaterlande zu, „dir, dem neuerstandnen, freien, ist all mein Sinnen zugewandt."

Gleichwohl fühlen wir es seiner patriotischen Poesie an: als Norddeutscher, mitten im Strom der Begeisterung, würde er noch andere Weisen für den Ausdruck seines vaterländischen Gefühls gefunden haben, als jetzt, wo er, ein Württemberger, dem Lauf der Ereignisse von fern zusah. Aber sobald er, die kleinlichen Interessen vergessend, den Blick auf die unerquicklichen Zustände im deutschen Staatenbunde nach dem Befreiungskriege richtete, sang er mit der vollen Energie männlichen Zorns das Gedicht „am 18. Oktober 1816," die schönste Elegie auf dem Grabe der patriotischen Hoffnungen, die sich erst spät erfüllen sollten.

Jetzt griff der Dichter wieder zu deutschen Stoffen. Es entstanden zunächst die im Ton des altdeutschen Heldenepos gehaltenen Erzählungen: „Eberhard der Rauschebart" in der Form der verbesserten Nibelungenstrophe; man hat sie nicht unpassend Rhapsodieen genannt, weil sie wie Bruchstücke eines Epos erscheinen. Deutsche Heldengröße, wie beabsichtigt war, stellen sie freilich nur unvollkommen dar; es sind die Kämpfe der Faustrechtszeiten, wo es zweifelhaft gelassen wird, auf welcher Seite das Recht ist, und die lockere Form wirkt anekdotenartig. Zu bedauern ist, daß Uhland nicht ein größeres nationales Epos, wozu er entschiedene Anlage besaß, unternahm, statt daß in den nächsten Jahren die noch ziemlich dürren „vaterländischen Gedichte" sich daran reihen, welche dem Haber der württembergischen Ständeversammlung einige Poesie zu entlocken versuchen.

Als er in dem poetischen „Vorwort", womit er 1815 die erste Ausgabe seiner Gedichte einleitete, die Hoffnung aussprach, daß jetzt, wo die Freiheit Deutschlands frisch aufgelobert sei, auch das Lied kräftig ans Licht steigen werde und die Gedichte seiner Jugendzeit die Verkünder einer jüngeren Brüderschar sein würden, gesünder vom Bau und Wuchs, so gedachte er ohne Zweifel, Dichtungen von größerem Umfange und Gehalt zu schaffen. Verschiedene Stoffe von dramatischen Dichtungen beschäftigten ihn. Seine beiden Dramen Herzog Ernst, Ludwig der Bayer sind würdig gehalten; Edelmut und Freundestreue sind in manchen warmen Partieen verherrlicht; aber es fehlt ihnen lebendige Entwickelung der Handlung und der Charaktere; wir erkennen mehr den zartsinnigen Romanzendichter als den Dramatiker. Eingehend zergliedert und beurteilt sind diese dramatischen Dichtungen von H. Weismann in den Einleitungen zu den Schulausgaben.

Mit dem Jahre 1819, wo „Ludwig der Bayer" erschien, schließt des Dichters produktivste Zeit. Nur nach längeren Pausen quillt wieder der lautere Born der Dichtung. Noch erhielten wir die meisterhaften Gedichte: der Waller, Bertran de Born, die Bidassoabrücke, Tells Tod, Ver sacrum, das Glück von Edenhall, bis mit dem Herbst 1834 auch dieser Quell versiegt.

Diese letzten Produkte der Muse unsers Uhland, die zu seinen vortrefflichsten gehören, waren noch nicht erschienen, als

Goethes strenger Ausspruch (in einem Briefe an seinen Freund
Zelter) bekannt wurde, Uhland fehle das Prometheus-Feuer des
Dichters, und aus der Region, in der er walte, möchte wohl
nichts Aufregendes, Tüchtiges, das Menschengeschick Bezwingendes
hervorgehen. Man darf Goethe darüber nicht allzusehr zürnen,
wie damals von seiten der schwäbischen Freunde Uhlands geschah. Man kann ihn hoch in Ehren halten und doch nicht ver-
kennen, daß, namentlich im Lyrischen, der energische Aufschwung
in die höheren Regionen gedankenreicher Poesie nicht zum vollen
Ausdruck kommt. Der Kreis, den Uhland in seinen lyrischen
Herzensergießungen umschreibt, erweitert sich nicht mit dem Fort-
gang des Lebens, und seine nach den Befreiungskriegen ein-
tretende Wendung zur politischen Poesie und die lebhaft ihn be-
schäftigende Thätigkeit innerhalb des beschränkten Bereichs einer
württembergischen Ständekammer konnte seinem dichterischen Ta-
lente nur Eintrag thun. Goethe hat in den Gesprächen mit
Eckermann dies mit treffendem Urteil hervorgehoben. „Geben
Sie acht," sind seine Worte, „der Politiker wird den Poeten
aufzehren. Mitglied der Stände sein und in täglichen Reibungen
und Aufregungen leben, ist keine Sache für die zarte Natur eines
Dichters. Mit seinem Gesange wird es aus sein, und das ist
gewissermaßen zu bedauern. Schwaben besitzt Männer genug,
die hinlänglich unterrichtet, wohlmeinend, tüchtig und beredt sind,
um Mitglied der Stände zu sein, aber es hat nur einen Dichter
der Art wie Uhland." Die Wärme dieser Worte mildert das
Herbe in dem zuerst erwähnten Urteil Goethes.

Uhlands politische Wirksamkeit in der Ständekammer und im
Frankfurter Parlament zu erörtern, liegt außerhalb der Grenzen
dieser Blätter, die nur die Grundlinien seiner Dichtung zu zeichnen
hatten. Hervorzuheben ist vor allem als der Charakter seines
Lebens und seines Dichtens, daß er sich nie untreu wurde. Nach
der Auflösung des deutschen Parlaments verlebte er den Abend
seines Lebens in glücklicher wissenschaftlicher Muße und kehrte zu
der Liebe seiner Jugend zurück, indem er deutsche Volkslieder

sammelte und kritisch bearbeitete, eines der wertvollsten Denkmale seiner Verdienste um die Geschichte der deutschen Litteratur. Was er für diese wie für germanische Sagenforschung leistete, findet sich zusammengestellt in der Sammlung: „Uhlands Schriften zur Geschichte der Dichtung und Sage" (1865 ff. 8 Bde.), deren Herausgabe vornehmlich Hr. Professor Holland in Tübingen mit gewohnter kritischer Genauigkeit besorgt hat. Von seiner Textkritik und Erklärung Uhlandischer Dichtungen haben wir noch ferner Vortreffliches zu erwarten. Seiner Gefälligkeit und Uneigennützigkeit verdankt diese Ausgabe die Anmerkungen, welche mit W. L. H. bezeichnet sind.

I. Lyrische Gedichte.

An das Vaterland.

1814.

Dir möcht' ich diese Lieder weihen,
Geliebtes deutsches Vaterland!
Denn dir, dem neuerstandnen, freien,
Ist all mein Sinnen zugewandt.

Doch Heldenblut ist dir geflossen,
Dir sank der Jugend schönste Zier.
Nach solchen Opfern, heilig großen,
Was gälten diese Lieder dir?

Frühlingslieder.

1. Frühlingsglaube.

Die linden Lüfte sind erwacht,
Sie säuseln und weben Tag und Nacht,
Sie schaffen an allen Enden.
O frischer Duft, o neuer Klang!
Nun, armes Herze, sei nicht bang!
Nun muß sich alles, alles wenden.

Die Welt wird schöner mit jedem Tag,
Man weiß nicht, was noch werden mag,
Das Blühen will nicht enden.
Es blüht das fernste, tiefste Thal;
Nun, armes Herz, vergiß der Qual!
Nun muß sich alles, alles wenden.

---

2. Frühlingsruhe.

O legt mich nicht ins dunkle Grab,
Nicht unter die grüne Erd' hinab!
Soll ich begraben sein,
Lieg' ich ins tiefe Gras hinein.

In Gras und Blumen lieg' ich gern,
Wenn eine Flöte tönt von fern,
Und wenn hoch obenhin
Die hellen Frühlingswolken ziehn.

---

3. Frühlingsfeier.

Süßer, goldner Frühlingstag!
Inniges Entzücken!
Wenn mir je ein Lied gelang,
Sollt' es heut nicht glücken?

Doch warum in dieser Zeit
An die Arbeit treten?
Frühling ist ein hohes Fest;
Laßt mich ruhn und beten!

Lied eines Armen.

4. Morgenlied.

Noch ahnt man kaum der Sonne Licht,
Noch sind die Morgenglocken nicht
Im finstern Thal erklungen.

Wie still des Waldes weiter Raum!
Die Vöglein zwitschern nur im Traum,
Kein Sang hat sich erschwungen.

Ich hab' mich längst ins Feld gemacht
Und habe schon dies Lied erdacht
Und hab' es laut gesungen.

Lied eines Armen.

Ich bin so gar ein armer Mann
Und gehe ganz allein.
Ich möchte wohl nur einmal noch
Recht frohen Mutes sein.

In meiner lieben Eltern Haus
War ich ein frohes Kind;
Der bittre Kummer ist mein Teil,
Seit sie begraben sind.

Der Reichen Gärten seh' ich blühn,
Ich seh' die goldne Saat;
Mein ist der unfruchtbare Weg,
Den Sorg' und Mühe trat.

Doch weil' ich gern mit stillem Weh
In froher Menschen Schwarm

Schäfers Sonntagslied.

Und wünsche jedem guten Tag
So herzlich und so warm.

O reicher Gott, du ließest doch
Nicht ganz mich freudenleer;
Ein süßer Trost für alle Welt
Ergießt sich himmelher.

Noch steigt in jedem Dörflein ja
Dein heilig Haus empor;
Die Orgel und der Chorgesang
Ertönet jedem Ohr.

Noch leuchtet Sonne, Mond und Stern
So liebevoll auch mir,
Und wann die Abendglocke hallt,
Da red' ich, Herr, mit dir.

Einst öffnet jedem Guten sich
Dein hoher Freudensaal,
Dann komm' auch ich im Feierkleid
Und setze mich ans Mahl.

Schäfers Sonntagslied.

Das ist der Tag des Herrn.
Ich bin allein auf weiter Flur;
Noch eine Morgenglocke nur,
Nun Stille nah und fern.

Anbetend knie' ich hier.
O süßes Graun, geheimes Wehn,
Als knieten viele ungesehn
Und beteten mit mir!

Des Dichters Abendgang.

Der Himmel nah und fern,
Er ist so klar und feierlich,
So ganz, als wollt' er öffnen sich.
Das ist der Tag des Herrn.

―――

Des Dichters Abendgang.

Ergehst du dich im Abendlicht —
Das ist die Zeit der Dichterwonne —
So wende stets dein Angesicht
Zum Glanze der gesunknen Sonne!
In hoher Feier schwebt dein Geist,
Du schauest in des Tempels Hallen,
Wo alles Heil'ge sich erschleußt
Und himmlische Gebilde wallen.

Wann aber um das Heiligtum
Die dunkeln Wolken niederrollen,
Dann ist's vollbracht, du kehrest um,
Beseligt von dem Wundervollen.
In stiller Rührung wirst du gehn,
Du trägst in dir des Liebes Segen;
Das Lichte, das du dort gesehn,
Umglänzt dich mild auf finstern Wegen.

―――

Die sanften Tage.

Ich bin so hold den sanften Tagen,
Wann in der ersten Frühlingszeit
Der Himmel, bläulich aufgeschlagen,
Zur Erde Glanz und Wärme streut,

Die sanften Tage.

Die Thäler noch von Eise grauen,
Der Hügel schon sich sonnig hebt,
Die Mädchen sich ins Freie trauen,
Der Kinder Spiel sich neu belebt.

Dann steh' ich auf dem Berge droben
Und seh' es alles, still erfreut,
Die Brust von leisem Drang gehoben,
Der noch zum Wunsche nicht gedeiht.[1]
Ich bin ein Kind und mit dem Spiele
Der heiteren Natur vergnügt,
In ihre ruhigen Gefühle
Ist ganz die Seele eingewiegt.

Ich bin so hold den sanften Tagen,
Wann ihrer mild besonnten Flur
Gerührte Greise Abschied sagen;
Dann ist die Feier der Natur.
Sie prangt nicht mehr mit Blüt' und Fülle,
All ihre regen Kräfte ruhn;
Sie sammelt sich in süße Stille,
In ihre Tiefen schaut sie nun.

Die Seele, jüngst so hoch getragen,
Sie senket ihren stolzen Flug,
Sie lernt ein friedliches Entsagen,
Erinnerung ist ihr genug.
Da ist mir wohl im sanften Schweigen,
Das die Natur der Seele gab;
Es ist mir so, als dürft' ich steigen
Hinunter in mein stilles Grab.

Die Kapelle.[1]

Droben stehet die Kapelle,
Schauet still ins Thal hinab,
Drunten singt bei Wies' und Quelle
Froh und hell der Hirtenknab.

Traurig tönt das Glöcklein nieder,
Schauerlich der Leichenchor;
Stille sind die frohen Lieder,
Und der Knabe lauscht empor.

Droben bringt man sie zu Grabe,
Die sich freuten in dem Thal.
Hirtenknabe, Hirtenknabe,
Dir auch singt man dort einmal.

Des Knaben Berglied.

Ich bin vom Berg der Hirtenknab,
Seh' auf die Schlösser all herab;
Die Sonne strahlt am ersten hier,
Am längsten weilet sie bei mir;
Ich bin der Knab vom Berge.

Hier ist des Stromes Mutterhaus,
Ich trink' ihn frisch vom Stein heraus;
Er braust vom Fels in wildem Lauf,
Ich fang' ihn mit den Armen auf;
Ich bin der Knab vom Berge.

Der Berg, der ist mein Eigentum,
Da ziehn die Stürme rings herum;
Und heulen sie von Nord und Süd,
So überschallt sie doch mein Lied;
Ich bin der Knab vom Berge.

Sind Blitz und Donner unter mir,
So steh' ich hoch im Blauen hier;
Ich kenne sie und rufe zu:
„Laßt meines Vaters Haus in Ruh!"
Ich bin der Knab vom Berge.

Und wann die Sturmglock' einst erschallt,
Manch Feuer auf den Bergen wallt,[1]
Dann steig' ich nieder, tret' ins Glied
Und schwing' mein Schwert und sing' mein Lied;
Ich bin der Knab vom Berge.

Der König auf dem Turme.

Da liegen sie alle die grauen Höhn,
Die dunkeln Thäler in milder Ruh;
Der Schlummer waltet, die Lüfte wehn
Keinen Laut der Klage mir zu.

Für alle hab' ich gesorgt und gestrebt,
Mit Sorgen trank ich den funkelnden Wein;
Die Nacht ist gekommen, der Himmel belebt,
Meine Seele will ich erfreun.

O du goldne Schrift durch den Sternenraum,
Zu dir ja schau' ich liebend empor;

Ihr Wunderklänge, vernommen kaum,
Wie besäuselt ihr sehnlich mein Ohr!

Mein Haar ist ergraut, mein Auge getrübt,
Die Siegeswaffen hängen im Saal,
Habe Recht gesprochen und Recht geübt;
Wann darf ich rasten einmal?

O selige Rast, wie verlang' ich dein!
O herrliche Nacht, wie säumst du so lang,
Da ich schaue der Sterne lichteren Schein
Und höre volleren Klang!

Lied eines deutschen Sängers.
1814.

Ich sang in vor'gen Tagen
Der Lieder mancherlei
Von alten frommen Sagen,
Von Minne, Wein und Mai.
Nun ist es ausgesungen,
Es dünkt mir alles Tand;
Der Heerschild ist erklungen,
Der Ruf „Fürs Vaterland."

Man sagt wohl von den Katten:[1]
Sie legten Erzring' an,
Bis sie gelöst sich hatten
Mit einem erschlagnen Mann.
Ich schlag' den Geist in Bande
Und werf' an den Mund ein Schloß,
Bis ich dem Vaterlande
Gedient als Schwertgenoß.

Und bin ich nicht geboren
Zu hohem Heldentum,
Ist mir das Lied erkoren
Zu Lust und schlichtem Ruhm;
Doch möcht' ich eins erringen
In diesem heil'gen Krieg,
Das edle Recht, zu singen
Des deutschen Volkes Sieg.

Auf einen Grabstein.

Wenn du auf diesem Leichensteine
Verschlungen siehest Hand in Hand,
Das zeugt von irdischem Vereine,
Der innig, aber kurz bestand;
Es zeugt von einer Abschiedstunde,
Wo Hand aus Hand sich schmerzlich rang,
Von einem heil'gen Seelenbunde,
Von einem himmlischen Empfang.

Hausrecht.

Tritt ein zu dieser Schwelle!
Willkommen hier zu Land!
Leg' ab den Mantel! Stelle
Den Stab an diese Wand!

Sitz obenan zu Tische!
Die Ehre ziemt dem Gast.
Was ich vermag, erfrische
Dich nach des Tages Last!

Am 18. Oktober 1816.

Wenn ungerechte Rache
Dich aus der Heimat trieb,
Nimm unter meinem Dache
Als teurer Freund vorlieb!

Nur eins ist, was ich bitte:
Laß du mir ungeschwächt
Der Väter fromme Sitte,
Des Hauses heilig Recht!

Am 18. Oktober 1816.[1]

Wenn heut ein Geist herniederstiege,
Zugleich ein Sänger und ein Held,
Ein solcher, der im heil'gen Kriege
Gefallen auf dem Siegesfeld,
Der sänge wohl auf deutscher Erde
Ein scharfes Lied wie Schwertesstreich,
Nicht so, wie ich es künden werde,
Nein, himmelskräftig, donnergleich:

„Man sprach einmal von Festgeläute,[2]
Man sprach von einem Feuermeer;
Doch, was das große Fest bedeute,
Weiß es denn jetzt noch irgend wer?
Wohl müssen Geister niedersteigen,
Von heil'gem Eifer aufgeregt,
Und ihre Wundenmale zeigen,
Daß ihr darein die Finger legt.

„Ihr Fürsten, seid zuerst befraget!
Vergaßt ihr jenen Tag der Schlacht,

An dem ihr auf den Knieen laget[1]
Und huldigtet der höhern Macht?
Wenn eure Schmach die Völker löſten,
Wenn ihre Treue ſie erprobt,
So iſt's an euch, nicht zu vertröſten,
Zu leiſten jetzt, was ihr gelobt.

„Ihr Völker, die ihr viel gelitten,
Vergaßt auch ihr den ſchwülen Tag?
Das Herrlichſte, was ihr erſtritten,
Wie kommt's, daß es nicht frommen mag?
Zermalmt habt ihr die fremden Horden,
Doch innen hat ſich nichts gehellt,
Und Freie ſeid ihr nicht geworden,
Wenn ihr das Recht nicht feſtgeſtellt.

„Ihr Weiſen,[2] muß man euch berichten,
Die ihr doch alles wiſſen wollt,
Wie die Einfältigen und Schlichten
Für klares Recht ihr Blut gezollt?
Meint ihr, daß in den heißen Gluten
Die Zeit, ein Phönix,[3] ſich erneut,
Nur um die Eier auszubruten,[4]
Die ihr geſchäftig unterſtreut?

„Ihr Fürſtenrät' und Hofmarſchälle
Mit trübem Stern auf kalter Bruſt,
Die ihr vom Kampf um Leipzigs Wälle[5]
Wohl gar bis heute nichts gewußt,
Vernehmt! an dieſem heut'gen Tage
Hielt Gott der Herr ein groß Gericht.
Ihr aber hört nicht, was ich ſage,
Ihr glaubt an Geiſterſtimmen[6] nicht.

Am 18. Oktober 1816.

„Was ich gesollt, hab' ich gesungen,
Und wieder schwing' ich mich empor;
Was meinem Blick sich aufgedrungen,
Verkünd' ich dort dem sel'gen Chor:
„„Nicht rühmen kann ich, nicht verdammen,
Untröstlich ist's noch allerwärts;
Doch sah ich manches Auge flammen,
Und klopfen hört' ich manches Herz.""

II. Balladen und Romanzen.

Das Schloß am Meere.

Hast du das Schloß gesehen,
Das hohe Schloß am Meer?
Golden und rosig wehen
Die Wolken drüber her.

Es möchte sich niederneigen
In die spiegelklare Flut,
Es möchte streben und steigen
In der Abendwolken Glut.

„Wohl hab' ich es gesehen,
Das hohe Schloß am Meer,
Und den Mond darüber stehen
Und Nebel weit umher."

Der Wind und des Meeres Wallen,
Gaben sie frischen Klang?
Vernahmst du aus hohen Hallen
Saiten und Festgesang?

„Die Winde, die Wogen alle
Lagen in tiefer Ruh;
Einem Klagelied aus der Halle
Hört' ich mit Thränen zu."

Sahest du oben gehen
Den König und sein Gemahl,
Der roten Mäntel Wehen,
Der goldnen Kronen Strahl?

Führten sie nicht mit Wonne
Eine schöne Jungfrau dar,
Herrlich wie eine Sonne,[1]
Strahlend im goldnen Haar?

„Wohl sah ich die Eltern beide
Ohne der Kronen Licht
Im schwarzen Trauerkleide;
Die Jungfrau sah ich nicht."[2]

Der schwarze Ritter.

Pfingsten war, das Fest der Freude,
Das da feiern Wald und Heide.
Hub der König an zu sprechen:
„Auch aus den Hallen
Der alten Hofburg allen
Soll ein reicher Frühling brechen."

Trommeln und Drommeten schallen,
Rote Fahnen festlich wallen.
Sah der König vom Balkone;
In Lanzenspielen
Die Ritter alle fielen
Vor des Königs starkem Sohne.

Aber vor des Kampfes Gitter
Ritt zuletzt ein schwarzer Ritter.[1]
„Herr, wie ist Eur Nam' und Zeichen?" —
„Würd' ich es sagen,
Ihr möchtet zittern und zagen;
Bin ein Fürst von großen Reichen."

Als er in die Bahn gezogen,
Dunkel ward des Himmels Bogen,
Und das Schloß begann zu beben.
Beim ersten Stoße
Der Jüngling sank vom Rosse,
Konnte kaum sich wieder heben.

Pfeif' und Geige ruft zu Tänzen,
Fackeln durch die Säle glänzen;
Wankt ein großer Schatten drinnen.
Er thät mit Sitten
Des Königs Tochter bitten,
Thät den Tanz mit ihr beginnen.

Tanzt im schwarzen Kleid von Eisen,
Tanzet schauerliche Weisen,
Schlingt sich kalt um ihre Glieder.
Von Brust und Haaren
Entfallen ihr die klaren
Blümlein welk zur Erde nieder.

Und zur reichen Tafel kamen
Alle Ritter, alle Damen.
Zwischen Sohn und Tochter innen
Mit bangem Mute
Der alte König ruhte,
Sah sie an mit stillem Sinnen.

Bleich die Kinder beide schienen;
Bot der Gast den Becher ihnen:
„Goldner Wein macht euch genesen."
Die Kinder tranken,
Sie thäten höflich danken:
„Kühl ist dieser Trunk gewesen."

An des Vaters Brust sich schlangen
Sohn und Tochter; ihre Wangen
Thäten völlig sich entfärben.
Wohin der graue
Erschrockne Vater schaue,
Sieht er eins der Kinder sterben.

„Weh! die holden Kinder beide
Nahmst du hin in Jugendfreude;
Nimm auch mich, den Freudelosen!"
Da sprach der Grimme
Mit hohler dumpfer Stimme:
„Greis, im Frühling brech' ich Rosen!"[1]

Die Vätergruft.

Es ging wohl über die Heide
Zur alten Kapell' empor
Ein Greis im Waffengeschmeide
Und trat in den dunkeln Chor.

Die Särge seiner Ahnen
Standen die Hall' entlang,
Aus der Tiefe thät ihn mahnen
Ein wunderbarer Gesang.

„Wohl hab' ich euer Grüßen,
Ihr Heldengeister, gehört;
Eure Reihe soll ich schließen.
Heil mir! ich bin es wert."

Es stand an kühler Stätte
Ein Sarg noch ungefüllt;
Den nahm er zum Ruhebette,
Zum Pfühle nahm er den Schild.

Die Hände that er falten
Aufs Schwert und schlummert' ein;
Die Geisterlaute verhallten,
Da mocht' es gar stille sein.

Die drei Lieder.

In der hohen Hall' saß König Sifrid:
„Ihr Harfner, wer weiß mir das schönste Lied?"
Und ein Jüngling trat aus der Schar behende,
Die Harf' in der Hand, das Schwert an der Lende:

„Drei Lieder weiß ich; den ersten Sang,
Den hast du ja wohl vergessen schon lang:
„„Meinen Bruder hast du meuchlings erstochen,""
Und aber: „„Hast ihn meuchlings erstochen.""

„Das andre Lied, das hab' ich erdacht
In einer finstern, stürmischen Nacht:
„„Mußt mit mir fechten auf Leben und Sterben,""
Und aber: „„Mußt fechten auf Leben und Sterben.""

Da lehnt' er die Harfe wohl an den Tisch,
Und sie zogen beide die Schwerter frisch
Und fochten lange mit wildem Schalle,
Bis der König sank in der hohen Halle.

„Nun sing' ich das dritte, das schönste Lied,
Das werd' ich nimmer zu singen müd:
„„König Sifrid liegt in seim roten Blute,““
Und aber: „„Liegt in seim roten Blute.““

Die Rache.

Der Knecht hat erstochen den edeln Herrn,
Der Knecht wär' selber ein Ritter gern.

Er hat ihn erstochen im dunkeln Hain
Und den Leib versenket im tiefen Rhein,

Hat angeleget die Rüstung blank,
Auf des Herren Roß sich geschwungen frank.

Und als er sprengen will über die Brück',
Da stutzet das Roß und bäumt sich zurück.

Und als er die güldnen Sporen ihm gab,
Da schleudert's ihn wild in den Strom hinab.

Mit Arm, mit Fuß er rudert und ringt,
Der schwere Panzer ihn niederzwingt.

Der blinde König.[1]

Was steht der nord'schen Fechter Schar
Hoch auf des Meeres Bord?
Was will in seinem grauen Haar
Der blinde König dort?
Er ruft, in bittrem Harme
Auf seinen Stab gelehnt,
Daß überm Meeresarme
Das Eiland wiedertönt:

„Gib, Räuber, aus dem Felsverließ
Die Tochter mir zurück!
Ihr Harfenspiel, ihr Lied so süß
War meines Alters Glück.
Vom Tanz auf grünem Strande
Hast du sie weggeraubt;
Dir ist es ewig Schande,
Mir beugt's das graue Haupt."

Da tritt aus seiner Kluft hervor
Der Räuber groß und wild,
Er schwingt sein Hünenschwert empor
Und schlägt an seinen Schild:
„Du hast ja viele Wächter,
Warum denn litten's die?
Dir dient so mancher Fechter,
Und keiner kämpft um sie?"

Noch stehn die Fechter alle stumm,
Tritt keiner aus den Reihn.
Der blinde König kehrt sich um:
„Bin ich denn ganz allein?"
Da faßt des Vaters Rechte
Sein junger Sohn so warm:

Der blinde König.

Vergönn' mir's, daß ich fechte!
Wohl fühl' ich Kraft im Arm."

„O Sohn, der Feind ist riesenstark,
Ihm hielt noch keiner stand;
Und doch, in dir ist edles Mark,
Ich fühl's am Druck der Hand.
Nimm hier die alte Klinge!
Sie ist der Skalden Preis.[1]
Und fällst du, so verschlinge
Die Flut mich armen Greis!"

Und horch! es schäumet, und es rauscht
Der Nachen übers Meer;
Der blinde König steht und lauscht,
Und alles schweigt umher,
Bis drüben sich erhoben
Der Schild' und Schwerter Schall
Und Kampfgeschrei und Toben
Und dumpfer Wiederhall.

Da ruft der Greis so freudig bang:
„Sagt an, was ihr erschaut!
Mein Schwert — ich kenn's am guten Klang —
Es gab so scharfen Laut." —
„Der Räuber ist gefallen,
Er hat den blut'gen Lohn.
Heil dir, du Held vor allen,
Du starker Königssohn!"

Und wieder wird es still umher,
Der König steht und lauscht:
„Was hör' ich kommen übers Meer?
Es rudert und es rauscht." —

„Sie kommen angefahren,
Dein Sohn mit Schwert und Schild,
In sonnenhellen Haaren
Dein Töchterlein Gunild."

„Willkommen!" ruft vom hohen Stein
Der blinde Greis hinab;
„Nun wird mein Alter wonnig sein
Und ehrenvoll mein Grab.
Du legst mir, Sohn, zur Seite
Das Schwert von gutem Klang;
Gunilde, du befreite,
Singst mir den Grabgesang."

Der gute Kamerad.

Ich hatt' einen Kameraden,
Einen bessern findst du nit.
Die Trommel schlug zum Streite,
Er ging an meiner Seite
In gleichem Schritt und Tritt.

Eine Kugel kam geflogen;
Gilt's mir oder gilt es dir?
Ihn hat es weggerissen,
Er liegt mir vor den Füßen,
Als wär's ein Stück von mir;

Will mir die Hand noch reichen,
Derweil ich eben lad':
„Kann dir die Hand nicht geben;
Bleib du im ew'gen Leben
Mein guter Kamerad!"

Die Mähderin.[1]

„Guten Morgen, Marie! So frühe schon rüstig und rege?
Dich, treuste der Mägde, dich machet die Liebe nicht träge.
Ja, mähst du die Wiese mir ab von jetzt in drei Tagen,
Nicht dürft' ich den Sohn dir, den einzigen, länger versagen."

Der Pächter, der stattlich begüterte, hat es gesprochen.
Marie, wie fühlt sie den liebenden Busen sich pochen!
Ein neues, ein kräftiges Leben durchdringt ihr die Glieder;
Wie schwingt sie die Sense! wie streckt sie die Mahden danieder!

Der Mittag glühet, die Mähder des Feldes ermatten,
Sie suchen zur Labe den Quell und zum Schlummer den Schatten;
Noch schaffen im heißen Gefilde die summenden Bienen;
Marie, sie ruht nicht, sie schafft in die Wette mit ihnen.

Die Sonne versinkt, es ertönet das Abendgeläute.
Wohl rufen die Nachbarn: „Marie, genug ist's für heute!"
Wohl ziehen die Mähder, der Hirt und die Herde von hinnen;
Marie, sie dengelt die Sense zu neuem Beginnen.

Schon sinket der Tau, schon erglänzen der Mond und die Sterne,
Es duften die Mahden, die Nachtigall schlägt aus der Ferne;
Marie verlangt nicht zu rasten, verlangt nicht zu lauschen,
Stets läßt sie die Sense, die kräftig geschwungene, rauschen.

So fürder von Abend zu Morgen, von Morgen zu Abend,
Mit Liebe sich nährend, mit seliger Hoffnung sich labend.
Zum drittenmal hebt sich die Sonne, da ist es geschehen;
Dort seht ihr Marien, die wonniglich weinende, stehen.

„Guten Morgen, Marie! Was seh' ich? O fleißige Hände!
Gemäht ist die Wiese, das lohn' ich mit reichlicher Spende;

Allein mit der Heirat... du nahmest im Ernste mein Scherzen.
Leichtgläubig, man sieht es, und thöricht sind liebende Herzen."

Er spricht es und gehet des Wegs; doch der armen Marie
Erstarret das Herz, ihr brechen die bebenden Kniee.
Die Sprache verloren, Gefühl und Besinnung geschwunden,
So wird sie, die Mähderin, dort in den Mahden gefunden.

So lebt sie noch Jahre, so stummer, erstorbener Weise,
Und Honig, ein Tropfen, das ist ihr die einzige Speise.
O haltet ein Grab ihr bereit auf der blühendsten Wiese!
So liebende Mähderin gab es doch nimmer wie diese.

Sängerliebe.

Seit der hohe Gott der Lieder
  Mußt' in Liebesschmerz erbleichen,
Seit der Lorbeer seiner Schläfe
  Unglücksel'ger Liebe Zeichen,
Wundert's wen, daß ird'schen Sängern,
  Die dasselbe Zeichen kränzet,
Selten in der Liebe Leben
  Ein beglückter Stern erglänzet,
Daß sie ernst und düster blicken,
  Ihre Saiten traurig tönen,
  Daß von Lust sie wenig singen,
Aber viel von Schmerz und Sehnen?
Sängerliebe tief und schmerzlich
  Laßt euch denn in ernsten Bildern
  Aus den Tagen des Gesanges,
  Aus der Zeit der Minne schildern!

1. Rudello.[1]

In den Thalen der Provence
  Ist der Minnesang entsprossen,
  Kind des Frühlings und der Minne,
  Holder inniger Genossen.
Blütenglanz und süße Stimme
  Konnt' an ihm den Vater zeigen,
  Herzensglut und tiefes Schmachten
  War ihm von der Mutter eigen.
Selige Provencer Thale,
  Ueppig blühend wart ihr immer,
  Aber eure reichste Blüte
  War des Minneliedes Schimmer.
Jene tapfern schmucken Ritter,
  Welch ein edler Sängerorden!
  Jene hochbeglückten Damen,
  Wie sie schön gefeiert worden!
Vielgeehrt im Sängerchore
  War Rudellos werter Name,
  Vielgepriesen, vielbeneidet
  Die von ihm besungne Dame
Aber niemand mocht' erkunden,
  Wie sie hieße, wo sie lebte,
  Die so herrlich, überirdisch
  In Rudellos Liedern schwebte;
Denn nur in geheimen Nächten
  Nahte sie dem Sänger leise,
  Selbst den Boden nie berührend,
  Spurlos, schwank, in Traumesweise.
Wollt' er sie mit Armen fassen,
  Schwand sie in die Wolken wieder,
  Und aus Seufzern und aus Thränen
  Wurden dann ihm süße Lieder.

Schiffer, Pilger, Kreuzesritter
　Brachten dazumal die Märe,
　Daß von Tripolis die Gräfin
　Aller Frauen Krone wäre;
Und so oft Rudell es hörte,
　Fühlt' er sich's im Busen schlagen,
　Und es trieb ihn nach dem Strande,
　Wo die Schiffe fertig lagen.
Meer, unsichres, vielbewegtes,
　Ohne Grund und ohne Schranken,
　Wohl auf deiner regen Wüste
　Mag die irre Sehnsucht schwanken.
Fern von Tripolis verschlagen
　Irrt die Barke mit dem Sänger;
　Aeußrem Sturm und innrem Drängen
　Widersteht Rudell nicht länger.
Schwer erkranket liegt er nieder,
　Aber ostwärts schaut er immer,
　Bis sich hebt am letzten Rand
　Ein Palast im Morgenschimmer.
Und der Himmel hat Erbarmen
　Mit des kranken Sängers Flehen;
　In den Port von Tripolis
　Fliegt das Schiff mit günst'gem Wehen.
Kaum vernimmt die schöne Gräfin,
　Daß so edler Gast gekommen,
　Der allein um ihretwillen
　Uebers weite Meer geschwommen,
Alsobald mit ihren Frauen
　Steigt sie nieder unerbeten,
　Als Rudello schwanken Ganges
　Eben das Gestad betreten.
Schon will sie die Hand ihm reichen,
　Doch ihm dünkt, der Boden schwinde;

In des Führers Arme sinkt er,
 Haucht sein Leben in die Winde.
Ihren Sänger ehrt die Herrin
Durch ein prächtiges Begängnis.
Und ein Grabmal von Porphyr
Lehrt sein trauriges Verhängnis.
Seine Lieder läßt sie schreiben
Allesamt mit goldnen Lettern,
Köstlich ausgezierte Decken
Gibt sie diesen teuren Blättern,
Liest darin so manche Stunde,
Ach, und oft mit heißen Thränen,
Bis auch sie ergriffen ist
Von dem unnennbaren Sehnen.
Von des Hofes lust'gem Glanz,
Aus der Freunde Kreis geschieden,
Suchet sie in Klostermauern
Ihrer armen Seele Frieden.

―――――

2. Durand.[1]

Nach dem hohen Schloß von Balbi
Zieht Durand mit seinem Spiele;
Voll die Brust von süßen Liedern
Naht er schon dem frohen Ziele.
Dort ja wird ein holdes Fräulein,
 Wann die Saiten lieblich rauschen,
Augen senkend, zart erglühend,
Innig atmend niederlauschen.
In des Hofes Lindenschatten
Hat er schon sein Spiel begonnen,
Singt er schon mit klarer Stimme,
Was er Süßestes ersonnen.

Von dem Söller, von den Fenstern
Sieht er Blumen freundlich nicken,
Doch die Herrin seiner Lieder
Kann sein Auge nicht erblicken.
Und es geht ein Mann vorüber,
Der sich traurig zu ihm wendet:
„Störe nicht die Ruh der Toten!
Fräulein Blanka hat vollendet."
Doch Durand, der junge Sänger,
Hat darauf kein Wort gesprochen;
Ach, sein Aug' ist schon erloschen,
Ach, sein Herz ist schon gebrochen.
Drüben in der Burgkapelle,
Wo unzähl'ge Kerzen glänzen,
Wo das tote Fräulein ruht,
Hold geschmückt mit Blumenkränzen,
Dort ergreifet alles Volk
Schreck und Staunen, freudig Beben;
Denn von ihrem Totenlager
Sieht man Blanka sich erheben.
Aus des Scheintods tiefem Schlummer
Ist sie blühend auferstanden,
Tritt im Sterbekleid hervor
Wie in bräutlichen Gewanden.
Noch, wie ihr geschehn, nicht wissend,
Wie von Träumen noch umschlungen,
Fragt sie zärtlich, sehnsuchtsvoll:
„Hat nicht hier Durand gesungen?"
Ja, gesungen hat Durand,
Aber nie mehr wird er singen;
Auferweckt hat er die Tote,
Ihn wird niemand wiederbringen.
Schon im Lande der Verklärten
Wacht' er auf und mit Verlangen

Sucht er seine süße Freundin,
Die er wähnt vorangegangen.
Aller Himmel lichte Räume
Sieht er herrlich sich verbreiten.
„Blanka, Blanka!" ruft er sehnlich
Durch die öden Seligkeiten.

---

3. Der Kastellan von Coucy.[1]

Wie der Kastellan von Coucy
Schnell die Hand zum Herzen drückte,
Als die Dame von Fayel
Er zum erstenmal erblickte!
Seit demselben Augenblicke
Drang durch alle seine Lieder
Unter allen Weisen stets
Jener erste Herzschlag wieder.
Aber wenig mocht' ihm frommen
All die süße Liederklage;
Nimmer darf er dieses hoffen,
Daß sein Herz an ihrem schlage.
Wenn sie auch mit zartem Sinn
Eines schönen Lieds sich freute,
Streng und stille ging sie immer
An des stolzen Gatten Seite.
Da beschließt der Kastellan,
Seine Brust in Stahl zu hüllen
Und mit draufgeheftetem Kreuz
Seines Herzens Schlag zu stillen.
Als er schon im heil'gen Lande
Manchen heißen Tag gestritten,
Fährt ein Pfeil durch Kreuz und Panzer,
Trifft ihm noch das Herze mitten.

„Hörst du mich, getreuer Knappe?
  Wann dies Herz nun ausgeschlagen,
  Zu der Dame von Fayel
  Sollt du es hinübertragen."
In geweihter kühler Erde
  Wird der edle Leib begraben;
  Nur das Herz, das müde Herz
  Soll noch keine Ruhe haben.
Schon in einer goldnen Urne
  Liegt es, wohl einbalsamieret,
  Und zu Schiffe steigt der Diener,
  Der es sorgsam mit sich führet.
Stürme brausen, Wogen schlagen,
  Blitze zucken, Maste splittern;
  Aengstlich klopfen alle Herzen,
  Eines nur ist ohne Zittern.
Golden strahlt die Sonne wieder,
  Frankreichs Küste glänzet drüben;
  Freudig schlagen alle Herzen,
  Eines nur ist still geblieben.
Schon im Walde von Fayel
  Schreitet rasch der Urne Träger,
  Plötzlich schallt ein lustig Horn
  Samt dem Rufe wilder Jäger;
Aus den Büschen rauscht ein Hirsch,
  Dem ein Pfeil im Herzen stecket,
  Bäumt sich auf und stürzt und liegt
  Vor dem Knappen hingestrecket.
Sieh! der Ritter von Fayel,
  Der das Wild ins Herz geschossen,
  Sprengt heran mit Jagdgefolg',
  Und der Knapp' ist rings umschlossen.
Nach dem blanken Goldgefäß
  Tasten gleich des Ritters Knechte,

Sängerliebe.

Doch der Knappe tritt zurück,
Spricht mit vorgehaltner Rechte:
„Dies ist eines Sängers Herz,
 Herz von einem frommen Streiter,
 Herz des Kastellans von Coucy;
 Laßt dies Herz im Frieden weiter!
„Scheidend hat er mir geboten,
 Wann dies Herz nun ausgeschlagen,
 Zu der Dame von Fayel
 Soll' ich es hinübertragen." —
„Jene Dame kenn' ich wohl,"
 Spricht der ritterliche Jäger
 Und entreißt die goldne Urne
 Hastig dem erschrocknen Träger,
Nimmt sie unter seinen Mantel,
 Reitet fort in finstrem Grolle,
 Hält so eng das tote Herz
 An das heiße, rachevolle.
Als er auf sein Schloß gekommen,
 Müssen sich die Köche schürzen,
 Müssen gleich den Hirsch bereiten
 Und ein seltnes Herze würzen.
Dann mit Blumen reich bestecket
 Bringt man es auf goldner Schale,
 Als der Ritter von Fayel
 Mit der Dame sitzt am Mahle.
Zierlich reicht er es der Schönen,
 Sprechend mit verliebtem Scherze:
„Was ich immer mag erjagen,
 Euch gehört davon das Herze."
Wie die Dame kaum genossen,
 Hat sie also weinen müssen,
 Daß sie zu vergehen schien
 In den heißen Thränengüssen.

Doch der Ritter von Fayel
Spricht zu ihr mit wildem Lachen:
„Sagt man doch von Taubenherzen,
Daß sie melancholisch machen;
„Wie viel mehr, geliebte Dame,
Das, womit ich Euch bewirte,
Herz des Kastellans von Coucy,
Der so zärtlich Lieder girrte!"
Als der Ritter dies gesprochen,
Dieses und noch andres Schlimme,
Da erhebt die Dame sich,
Spricht mit feierlicher Stimme:
„Großes Unrecht thatet Ihr;
Euer war ich ohne Wanken,
Aber solch ein Herz genießen
Wendet leichtlich die Gedanken.
„Manches tritt mir vor die Seele,
Was vorlängst die Lieder sangen;
Der mir lebend fremd geblieben,
Hat als Toter mich befangen.
„Ja, ich bin dem Tod geweihet,
Jedes Mahl ist mir verwehret;
Nicht geziemt mir andre Speise,
Seit mich dieses Herz genähret.
„Aber Euch wünsch' ich zum letzten
Milden Spruch des ew'gen Richters."
Dieses alles ist geschehen
Mit dem Herzen eines Dichters.

———

4. Dante.[1]

War's ein Thor der Stadt Florenz,
Oder war's ein Thor der Himmel,

Sängerliebe.

Draus am klarsten Frühlingsmorgen
  Zog so festliches Gewimmel?
Kinder hold wie Engelscharen,
  Reich geschmückt mit Blumenkränzen,
Zogen in das Rosenthal
  Zu den frohen Festestänzen.
Unter einem Lorbeerbaume
  Stand, damals neunjährig, Dante,
Der im lieblichsten der Mädchen
  Seinen Engel gleich erkannte.
Rauschten nicht des Lorbeers Zweige,
  Von der Frühlingsluft erschüttert?
Klang nicht Dantes junge Seele,
  Von der Liebe Hauch durchzittert?
Ja, ihm ist in jener Stunde
  Des Gesanges Quell entsprungen;
In Sonetten, in Kanzonen
  Ist die Lieb' ihm früh erklungen.
Als zur Jungfrau hold erwachsen
  Jene wieder ihm begegnet,
Steht auch seine Dichtung schon
  Wie ein Baum, der Blüten regnet.
Aus dem Thore von Florenz
  Zogen dichte Scharen wieder,
Aber langsam, trauervoll
  Bei dem Klange dumpfer Lieder.
Unter jenem schwarzen Tuch,
  Mit dem weißen Kreuz geschmückt,
Trägt man Beatricen hin,
  Die der Tod so früh gepflücket.
Dante saß in seiner Kammer
  Einsam, still, im Abendlichte,
Hörte fern die Glocken tönen
  Und verhüllte sein Gesichte.

In der Wälder tiefste Schatten
  Stieg der edle Sänger nieder;
  Gleich den fernen Totenglocken
  Tönten fortan seine Lieder.
Aber in der wildsten Oede,
  Wo er ging mit bangem Stöhnen,
  Kam zu ihm ein Abgesandter
  Von der hingeschiednen Schönen,
Der ihn führt' an treuer Hand
  Durch der Hölle tiefste Schluchten,
  Wo sein irb'scher Schmerz verstummte
  Bei dem Anblick der Verfluchten.
Bald zum sel'gen Licht empor
  Kam er auf den dunkeln Wegen;
  Aus des Paradieses Pforte
  Trat die Freundin ihm entgegen;
Hoch und höher schwebten beide
  Durch des Himmels Glanz und Wonnen,
  Sie, aufblickend, ungeblendet,
  Zu der Sonne aller Sonnen,
Er, die Augen hingewendet
  Nach der Freundin Angesichte,
  Das verklärt ihn schauen ließ
  Abglanz von dem ew'gen Lichte.
Einem göttlichen Gedicht
  Hat er alles einverleibet
  Mit so ew'gen Feuerzügen,
  Wie der Blitz in Felsen schreibet.
Ja, mit Fug wird dieser Sänger
  Als der göttliche verehret,
  Dante, welchem irb'sche Liebe
  Sich zu himmlischer verkläret.

Bertran de Born.[1]

Droben auf dem schroffen Steine
Raucht in Trümmern Autafort,
Und der Burgherr steht gefesselt
Vor des Königs Zelte dort:
„Kamst du, der mit Schwert und Liedern
Aufruhr trug von Ort zu Ort,
Der die Kinder aufgewiegelt
Gegen ihres Vaters Wort?

„Steht vor mir, der sich gerühmet
In vermeßner Prahlerei,
Daß ihm nie mehr, als die Hälfte
Seines Geistes, nötig sei?
Nun der halbe dich nicht rettet,
Ruf den ganzen doch herbei,
Daß er neu dein Schloß dir baue,
Deine Ketten brech' entzwei!"

„Wie du sagst, mein Herr und König,
Steht vor dir Bertran de Born,
Der mit einem Lied entflammte
Perigord und Ventadorn,
Der dem mächtigen Gebieter
Stets im Auge war ein Dorn,
Dem zuliebe Königskinder
Trugen ihres Vaters Zorn.

„Deine Tochter saß im Saale
Festlich, eines Herzogs Braut,
Und da sang vor ihr mein Bote,
Dem ein Lied ich anvertraut,

Sang, was einst ihr Stolz gewesen,
Ihres Dichters Sehnsuchtlaut,
Bis ihr leuchtend Brautgeschmeide
Ganz von Thränen war betaut.

„Aus des Oelbaums Schlummerschatten
Fuhr dein bester Sohn empor,
Als mit zorn'gen Schlachtgesängen
Ich bestürmen ließ sein Ohr.
Schnell war ihm das Roß gegürtet,
Und ich trug das Banner vor,
Jenem Todespfeil entgegen,
Der ihn traf vor Montforts Thor.

„Blutend lag er mir im Arme;
Nicht der scharfe kalte Stahl,
Daß er sterb' in deinem Fluche,
Das war seines Sterbens Qual.
Strecken wollt' er dir die Rechte
Ueber Meer, Gebirg und Thal;
Als er deine nicht erreichet,
Drückt' er meine noch einmal.

„Da, wie Autafort dort oben,
Ward gebrochen meine Kraft;
Nicht die ganze, nicht die halbe
Blieb mir, Saite nicht, noch Schaft.
Leicht hast du den Arm gebunden,
Seit der Geist mir liegt in Haft;
Nur zu einem Trauerliede
Hat er sich noch aufgerafft."

Und der König senkt die Stirne:
„Meinen Sohn hast du verführt,

Hast der Tochter Herz verzaubert,
Hast auch meines nun gerührt.
Nimm die Hand, du Freund des Toten,
Die verzeihend ihm gebührt!
Weg die Fesseln! Deines Geistes
Hab' ich einen Hauch verspürt."

Der Waller.

Auf Galiciens[1] Felsenstrande
Ragt ein heil'ger Gnadenort,
Wo die reine Gottesmutter
Spendet ihres Segens Hort.
Dem Verirrten in der Wildnis
Glänzt ein gold'ner Leitstern dort,
Dem Verstürmten auf dem Meere
Oeffnet sich ein stiller Port.

Rührt sich dort die Abendglocke,
Hallt es weit die Gegend nach,
In den Städten, in den Klöstern
Werden alle Glocken wach,
Und es schweigt die Meereswoge,
Die noch kaum sich tobend brach,
Und der Schiffer kniet am Ruder,
Bis er leis' sein Ave sprach.

An dem Tage, da man feiert
Der Gepries'nen Himmelfahrt,
Wo der Sohn, den sie geboren,
Sich als Gott ihr offenbart,

Da in ihrem Heiligtume
Wirkt sie Wunder mancher Art;
Wo sie sonst im Bild nur wohnet,
Fühlt man ihre Gegenwart.

Bunte Kreuzesfahnen ziehen
Durch die Felder ihre Bahn,
Mit bemalten Wimpeln grüßet
Jedes Schiff und jeder Kahn,
Auf dem Felsenpfade klimmen
Waller, festlich angethan;
Eine volle Himmelsleiter,
Steigt der schroffe Berg hinan.

Doch den heitern Pilgern folgen
Andre barfuß und bestaubt,
Angethan mit härnen Hemden,
Asche tragend auf dem Haupt;
Solche sind's, die der Gemeinschaft
Frommer Christen sind beraubt,
Denen nur am Thor der Kirche
Hinzuknieen ist erlaubt.

Und nach allen keuchet einer,
Dessen Auge trostlos irrt,
Den die Haare wild umflattern,
Dem ein langer Bart sich wirrt;
Einen Reif von rost'gem Eisen
Trägt er um den Leib geschirrt,
Ketten auch um Arm' und Beine,
Daß ihm jeder Tritt erklirrt.

Weil erschlagen er den Bruder
Einst in seines Zornes Hast,

Der Waller.

Ließ er aus dem Schwerte schmieden
Jenen Ring, der ihn umfaßt.
Fern vom Herde, fern vom Hofe
Wandert er und will nicht Rast,
Bis ein himmlisch Gnadenwunder
Sprenget seine Kettenlast.

Trüg' er Sohlen auch von Eisen,
Wie er wallet ohne Schuh,
Lange hätt' er sie zertreten,
Und noch ward ihm nirgend Ruh'.
Nimmer findet er den Heil'gen,
Der an ihm ein Wunder thu';
Alle Gnadenbilder sucht er,
Keines winkt ihm Frieden zu.

Als nun der den Fels erstiegen
Und sich an der Pforte neigt,
Tönet schon das Abendläuten,
Dem die Menge betend schweigt.
Nicht betritt sein Fuß die Hallen,
Drin der Jungfrau Bild sich zeigt
Farbenhell im Strahl der Sonne,
Die zum Meere niedersteigt.

Welche Glut ist ausgegossen
Ueber Wolken, Meer und Flur!
Blieb der goldne Himmel offen,
Als empor die Heil'ge fuhr?
Blüht noch auf den Rosenwolken
Ihres Fußes lichte Spur?
Schaut die Reine selbst hernieder
Aus dem glänzenden Azur?

Alle Pilger gehn getröstet,
Nur der eine rührt sich nicht,
Liegt noch immer an der Schwelle
Mit dem bleichen Angesicht;
Fest noch schlingt um Leib und Glieder
Sich der Fesseln schwer Gewicht,
Aber frei ist schon die Seele,
Schwebet in dem Meer von Licht.[1]

Die verlorene Kirche.[2]

Man höret oft im fernen Wald
Von obenher ein dumpfes Läuten;
Doch niemand weiß, von wann es hallt,
Und kaum die Sage kann es deuten.
Von der verlornen Kirche soll
Der Klang ertönen mit den Winden;
Einst war der Pfad von Wallern voll,
Nun weiß ihn keiner mehr zu finden.

Jüngst ging ich in dem Walde weit,
Wo kein betretner Steig sich dehnet;
Aus der Verderbnis dieser Zeit
Hatt' ich zu Gott mich hingesehnet.
Wo in der Wildnis alles schwieg,
Vernahm ich das Geläute wieder;
Je höher meine Sehnsucht stieg,
Je näher, voller klang es nieder.

Mein Geist war so in sich gelehrt,
Mein Sinn vom Klange hingenommen,
Daß mir es immer unerklärt,
Wie ich so hoch hinaufgekommen.

Die verlorene Kirche.

Mir schien es mehr denn hundert Jahr,
Daß ich so hingeträumet hätte,
Als über Nebeln sonnenklar
Sich öffnet' eine freie Stätte.

Der Himmel war so dunkelblau,
Die Sonne war so voll und glühend,
Und eines Münsters stolzer Bau
Stand in dem goldnen Lichte blühend.
Mir dünkten helle Wolken ihn
Gleich Fittichen emporzuheben,
Und seines Turmes Spitze schien
Im sel'gen Himmel zu verschweben.

Der Glocke wonnevoller Klang
Ertönte schütternd in dem Turme;
Doch zog nicht Menschenhand den Strang,
Sie ward bewegt von heil'gem Sturme.
Mir war's, derselbe Sturm und Strom
Hätt' an mein klopfend Herz geschlagen;
So trat ich in den hohen Dom
Mit schwankem Schritt und freud'gem Zagen.

Wie mir in jenen Hallen war,
Das kann ich nicht mit Worten schildern.
Die Fenster glühten dunkelklar [1]
Mit aller Märtrer frommen Bildern;
Dann sah ich, wundersam erhellt,
Das Bild zum Leben sich erweitern,
Ich sah hinaus in eine Welt
Von heil'gen Frauen, Gottesstreitern. [2]

Ich kniete nieder am Altar,
Von Lieb' und Andacht ganz durchstrahlet.

Hoch oben an der Decke war
Des Himmels Glorie[1] gemalet;
Doch als ich wieder sah empor,
Da war gesprengt der Kuppel Bogen,
Geöffnet war des Himmels Thor
Und jede Hülle weggezogen.

Was ich für Herrlichkeit geschaut
Mit still anbetendem Erstaunen,
Was ich gehört für sel'gen Laut,
Als Orgel mehr und als Posaunen,
Das steht nicht in der Worte Macht;
Doch wer danach sich treulich sehnet,
Der nehme des Geläutes acht,
Das in dem Walde dumpf ertönet!

Das Glück von Edenhall.[2]

Von Edenhall der junge Lord
Läßt schmettern Festtrommetenschall;
Er hebt sich[3] an des Tisches Bord
Und ruft in trunkner Gäste Schwall:
„Nun her mit dem Glücke von Edenhall!"

Der Schenk vernimmt ungern den Spruch,
Des Hauses ältester Vasall,
Nimmt zögernd aus dem seidnen Tuch
Das hohe Trinkglas von Krystall;
Sie nennen's das Glück von Edenhall.

Darauf der Lord: „Dem Glas zum Preis
Schenk' Roten ein aus Portugall!"

Mit Händezittern gießt der Greis,
Und purpurn Licht wird überall;
Es strahlt aus dem Glücke von Edenhall.

Da spricht der Lord und schwingt's dabei:
„Dies Glas von leuchtendem Kryſtall
Gab meinem Ahn am Quell die Fei;
Drein schrieb sie: „„Kommt dies Glas zu Fall,
Fahr wohl dann, o Glück von Edenhall!""

„Ein Kelchglas ward zum Los mit Fug
Dem freud'gen Stamm von Edenhall;
Wir schlürfen gern in vollem Zug,
Wir läuten gern mit lautem Schall.
Stoßt an mit dem Glücke von Edenhall!"

Erst klingt es milde, tief und voll
Gleich dem Gesang der Nachtigall,
Dann wie des Waldstroms laut Geroll;
Zuletzt erdröhnt wie Donnerhall
Das herrliche Glück von Edenhall.

„Zum Horte nimmt ein kühn Geschlecht
Sich den zerbrechlichen Kryſtall;
Er dauert länger schon, als recht.
Stoßt an! Mit diesem kräft'gen Prall
Versuch' ich das Glück von Edenhall."

Und als das Trinkglas gellend springt,
Springt das Gewölb' mit jähem Knall,
Und aus dem Riß die Flamme dringt;
Die Gäste sind zerstoben all
Mit dem brechenden Glücke von Edenhall.

Ein stürmt der Feind mit Brand und Mord,
Der in der Nacht erstieg den Wall;
Vom Schwerte fällt der junge Lord,
Hält in der Hand noch den Krystall,
Das zersprungene Glück von Edenhall.

Am Morgen irrt der Schenk allein,
Der Greis, in der zerstörten Hall';
Er sucht des Herrn verbrannt Gebein,
Er sucht im grausen Trümmerfall
Die Scherben des Glücks von Edenhall.

„Die Steinwand," spricht er, „springt zu Stück,
Die hohe Säule muß zu Fall,
Glas ist der Erde Stolz und Glück,
In Splitter fällt der Erdenball
Einst, gleich dem Glücke von Edenhall."

Der Schenk von Limburg.[1]

Zu Limburg auf der Feste
Da wohnt' ein edler Graf,
Den keiner seiner Gäste
Jemals zu Hause traf.
Er trieb sich allerwegen
Gebirg und Wald entlang;
Kein Sturm und auch kein Regen
Verleidet' ihm den Gang.

Er trug ein Wams von Leder
Und einen Jägerhut
Mit mancher wilden Feder,
Das steht den Jägern gut!

Es hing ihm an der Seiten
Ein Trinkgefäß von Buchs;
Gewaltig konnt' er schreiten
Und war von hohem Wuchs.

Wohl hatt' er Knecht und Mannen
Und hatt' ein tüchtig Roß,
Ging doch zu Fuß von dannen
Und ließ daheim den Troß.
Es war sein ganz Geleite
Ein Jagdspieß stark und lang,
An dem er über breite
Waldströme kühn sich schwang.

Nun hielt auf Hohenstaufen
Der deutsche Kaiser Haus.
Der zog mit hellen Haufen
Einsmals zu jagen aus;
Er rannt' auf eine Hinde
So heiß und hastig vor,
Daß ihn sein Jagdgesinde
Im wilden Forst verlor.

Bei einer kühlen Quelle,
Da macht' er endlich Halt;
Gezieret war die Stelle
Mit Blumen mannigfalt.
Hier dacht' er sich zu legen
Zu einem Mittagschlaf,
Da rauscht' es in den Hägen
Und stand vor ihm der Graf.

Da hub er an zu schelten:
„Treff' ich den Nachbar hie?

Zu Hause weilt er selten,
Zu Hofe kommt er nie.
Man muß im Walde streifen,
Wenn man ihn sahen will;
Man muß ihn tapfer greifen,
Sonst hält er nirgends still."

Als drauf ohn' alle Fährde
Der Graf sich niederließ
Und neben in die Erde
Die Jägerstange stieß,
Da griff mit beiden Händen
Der Kaiser nach dem Schaft:
„Den Spieß muß ich mir pfänden,
Ich nehm' ihn mir zu Haft.

„Der Spieß ist mir verfangen,[1]
Des ich so lang begehrt:
Du sollst dafür empfangen
Hier dies mein bestes Pferd.
Nicht schweifen im Gewälde
Darf mir ein solcher Mann,
Der mir zu Hof und Felde
Viel besser dienen kann."

„Herr Kaiser, wollt vergeben!
Ihr macht das Herz mir schwer.
Laßt mir mein freies Leben
Und laßt mir meinen Speer!
Ein Pferd hab' ich schon eigen,
Für Eures sag' ich Dank;
Zu Rosse will ich steigen,
Bin ich mal alt und krank."

„Mit dir ist nicht zu streiten,
Du bist mir allzu stolz.
Doch führst du an der Seiten
Ein Trinkgefäß von Holz;
Nun macht die Jagd mich dürsten,
Drum thu mir das, Gesell,
Und gib mir eins zu bürsten
Aus diesem Wasserquell!"

Der Graf hat sich erhoben;
Er schwenkt den Becher klar,
Er füllt ihn an bis oben,
Hält ihn dem Kaiser dar.
Der schlürft mit vollen Zügen
Den kühlen Trank hinein
Und zeigt ein solch Vergnügen,
Als wär's der beste Wein.

Dann faßt der schlaue Zecher
Den Grafen bei der Hand:
„Du schwenktest mir den Becher
Und fülltest ihn zum Rand,
Du hieltest mir zum Munde
Das labende Getränk:
Du bist von dieser Stunde
Des Teutschen Reiches Schenk."

Taillefer.

Normannenherzog Wilhelm sprach einmal:
„Wer singet in meinem Hof und in meinem Saal?
Wer singet vom Morgen bis in die späte Nacht
So lieblich, daß mir das Herz im Leibe lacht?"

„Das ist der Taillefer, der so gerne singt
Im Hofe, wann er das Rad am Brunnen schwingt,
Im Saale, wann er das Feuer schüret und facht,
Wann er abends sich legt und wann er morgens erwacht."

Der Herzog sprach: „Ich hab' einen guten Knecht,
Den Taillefer; der dienet mir fromm und recht,
Er treibt mein Rad und schüret mein Feuer gut
Und singet so hell; das höhet mir den Mut." [1]

Da sprach der Taillefer: „Und wär' ich frei,
Viel besser wollt' ich dienen und singen dabei.
Wie wollt' ich dienen dem Herzog hoch zu Pferd!
Wie wollt' ich singen und klingen mit Schild und mit Schwert!"

Nicht lange, so ritt der Taillefer ins Gefild
Auf einem hohen Pferde mit Schwert und mit Schild.
Des Herzogs Schwester schaute vom Turm ins Feld;
Sie sprach: „Dort reitet, bei Gott, ein stattlicher Held."

Und als er ritt vorüber an Fräuleins Turm,
Da sang er bald wie ein Lüftlein, bald wie ein Sturm.
Sie sprach: „Der singet, das ist eine herrliche Lust;
Es zittert der Turm, und es zittert mein Herz in der Brust."

Der Herzog Wilhelm fuhr wohl über das Meer,
Er fuhr nach Engelland mit gewaltigem Heer.
Er sprang vom Schiffe, da fiel er auf die Hand;
„Hei," rief er, „ich fass' und ergreife dich, Engelland!" [2]

Als nun das Normannenheer zum Sturme schritt,
Der edle Taillefer vor den Herzog ritt:
„Manch Jährlein hab' ich gesungen und Feuer geschürt,
Manch Jährlein gesungen und Schwert und Lanze gerührt.

„Und hab' ich Euch gedient und gesungen zu Dank,
Zuerst als ein Knecht und dann als ein Ritter frank,
So laßt mich das entgelten am heutigen Tag!
Vergönnet mir auf die Feinde den ersten Schlag!"

Der Taillefer ritt vor allem Normannenheer
Auf einem hohen Pferde mit Schwert und mit Speer;
Er sang so herrlich, das klang über Hastingsfeld;
Von Roland sang er [1] und manchem frommen Held.

Und als das Rolandslied wie ein Sturm erscholl,
Da wallete manch Panier, manch Herze schwoll,
Da brannten Ritter und Mannen von hohem Mut;
Der Taillefer sang und schürte das Feuer gut.

Dann sprengt' er hinein und führte den ersten Stoß,
Davon ein englischer Ritter zur Erde schoß;
Dann schwang er das Schwert und führte den ersten Schlag,
Davon ein englischer Ritter am Boden lag.

Normannen sahen's, die harrten nicht allzu lang,
Sie brachen herein mit Geschrei und mit Schilderklang.
Hei, sausende Pfeile, klirrender Schwerterschlag,
Bis Harald fiel und sein trotziges Heer erlag!

Herr Wilhelm steckte sein Banner aufs blutige Feld;
Inmitten der Toten spannt' er sein Gezelt;
Da saß er am Mahle, den goldnen Pokal in der Hand,
Auf dem Haupte die Königskrone von Engelland:

„Mein tapfrer Taillefer, komm! trink mir Bescheid! [2]
Du hast mir viel gesungen in Lieb' und in Leid;
Doch heut im Hastingsfelde dein Sang und dein Klang,
Der tönet mir in den Ohren mein Leben lang."

Die Jagd von Winchester.

König Wilhelm[1] hatt' ein schweren Traum,
Vom Lager sprang er auf,
Wollt' jagen dort in Winchesters Wald,
Rief seine Herrn zuhauf.

Und als sie kamen vor den Wald,
Da hält der König still,
Gibt jedem einen guten Pfeil,
Wer jagen und birschen will.

Der König kommt zur hohen Eich',
Da springt ein Hirsch vorbei;
Der König spannt den Bogen schnell,
Doch die Sehne reißt entzwei.

Herr Titan besser treffen will,
Herr Titan drückt wohl ab;
Er schießt dem König mitten ins Herz
Den Pfeil, den der ihm gab.

Herr Titan fliehet durch den Wald,
Flieht über Land und Meer,
Er flieht wie ein gescheuchtes Wild,
Findt nirgends Ruhe mehr.

Prinz Heinrich[2] ritt im Wald umher,
Viel Reh' und Hasen er fand:
„Wohl träf' ich gern ein edler Wild
Mit dem Pfeil von Königs Hand."

Da reiten schon in ernstem Zug
Die hohen Lords heran;

Sie melden ihm des Königs Tod,
Sie tragen die Kron' ihm an:

„Auf dieser trauervollen Jagd
Euch reiche Beute ward;
Ihr habt erjagt, gewalt'ger Herr,
Den edeln Leopard." [1]

Klein Roland. [2]

Frau Bertha saß in der Felsenkluft,
Sie klagt' ihr bittres Los;
Klein Roland spielt' in freier Luft,
Des Klage war nicht groß.

„O König Karl, mein Bruder hehr,
O daß ich floh von dir!
Um Liebe ließ ich Pracht und Ehr';
Nun zürnst du schrecklich mir.

„O Milon, mein Gemahl so süß,
Die Flut verschlang mir dich.
Die ich um Liebe alles ließ,
Nun läßt die Liebe mich.

„Klein Roland, du mein teures Kind,
Nun Ehr' und Liebe mir,
Klein Roland, komm herein geschwind!
Mein Trost kommt all von dir.

„Klein Roland, geh zur Stadt hinab,
Zu bitten um Speis' und Trank!
Und wer dir gibt eine kleine Gab',
Dem wünsche Gottes Dank!"

Der König Karl zur Tafel saß
Im goldnen Rittersaal;
Die Diener liefen ohn' Unterlaß
Mit Schüssel und Pokal.

Von Flöten, Saitenspiel, Gesang
Ward jedes Herz erfreut;
Doch reichte nicht der helle Klang
Zu Berthas Einsamkeit.

Und draußen in des Hofes Kreis,
Da saßen der Bettler viel;
Die labten sich an Trank und Speis'
Mehr, als am Saitenspiel.

Der König schaut in ihr Gedräng'
Wohl durch die offne Thür,
Da drückt sich durch die dichte Meng'
Ein feiner Knab herfür.

Des Knaben Kleid ist wunderbar,
Vierfarb zusammengestückt;
Doch weilt er nicht bei der Bettlerschar,
Herauf zum Saal er blickt.

Herein zum Saal klein Roland tritt,
Als wär's sein eigen Haus;
Er hebt eine Schüssel von Tisches Mitt'
Und trägt sie stumm hinaus.

Der König denkt: „Was muß ich sehn?
Das ist ein sondrer Brauch."
Doch weil er's ruhig läßt geschehn,
So lassen's die andern auch.

Klein Roland.

Es stund nur an eine kleine Weil',[1]
Klein Roland kehrt in den Saal;
Er tritt zum König hin mit Eil'
Und faßt seinen Goldpokal.

„Heida, halt an, du tecker Wicht!"
Der König ruft es laut;
Klein Roland läßt den Becher nicht,
Zum König auf er schaut.

Der König erst gar finster sah,
Doch lachen mußt' er bald:
„Du trittst in die goldne Halle da
Wie in den grünen Wald;

„Du nimmst die Schüssel von Königs Tisch,
Wie man Aepfel bricht vom Baum;
Du holst wie aus dem Bronnen frisch
Meines roten Weines Schaum."

„Die Bäurin schöpft aus dem Bronnen frisch,
Die bricht die Aepfel vom Baum;
Meiner Mutter ziemet Wildbret und Fisch,
Ihr roten Weines Schaum."

„Ist deine Mutter so edle Dam',
Wie du berühmst, mein Kind,
So hat sie wohl ein Schloß lustsam
Und stattlich Hofgesind'.

„Sag' an! wer ist denn ihr Truchseß?
Sag' an! wer ist ihr Schenk?"
„Meine rechte Hand ist ihr Truchseß,
Meine linke, die ist ihr Schenk."

„Sag' an! wer sind die Wächter treu?"
„Meine Augen blau allstund."
„Sag' an! wer ist ihr Sänger frei?"
„Der ist mein roter Mund."

„Die Dam' hat wackre Diener, traun;
Doch liebt sie sondre Livrei,
Wie Regenbogen anzuschaun,
Mit Farben mancherlei."

„Ich hab' bezwungen der Knaben acht
Von jedem Viertel der Stadt;
Die haben mir als Zins gebracht
Vierfältig Tuch zur Wat."[1]

„Die Dame hat nach meinem Sinn
Den besten Diener der Welt.
Sie ist wohl Bettlerkönigin,
Die offne Tafel hält.

„So edle Dame darf nicht fern
Von meinem Hofe sein;
Wohlauf, drei Damen! auf, drei Herrn!
Führt sie zu mir herein!"

Klein Roland trägt den Becher flink
Hinaus zum Prunkgemach;
Drei Damen auf des Königs Wink,
Drei Ritter folgen nach.

Es stund nur an eine kleine Weil' —
Der König schaut in die Fern' —
Da kehren schon zurück mit Eil
Die Damen und die Herrn.

Der König ruft mit einemmal:
„Hilf, Himmel! seh' ich recht?
Ich hab' verspottet im offnen Saal
Mein eigenes Geschlecht.

„Hilf, Himmel! Schwester Bertha, bleich,
Im grauen Pilgergewand;
Hilf, Himmel! in meinem Prunksaal reich
Den Bettelstab in der Hand."

Frau Bertha fällt zu Füßen ihm,
Das bleiche Frauenbild;
Da regt sich plötzlich der alte Grimm,
Er blickt sie an so wild.

Frau Bertha senkt die Augen schnell,
Kein Wort zu reden sich traut;
Klein Roland hebt die Augen hell,
Den Oehm begrüßt er laut.

Da spricht der König in mildem Ton:
„Steh auf, du Schwester mein!
Um diesen deinen lieben Sohn
Soll dir verziehen sein."

Frau Bertha hebt sich freudenvoll:
„Lieb Bruder mein, wohlan!
Klein Roland dir vergelten soll,
Was du mir Guts gethan;

„Soll werden seinem König gleich
Ein hohes Heldenbild,
Soll führen die Farb' von manchem Reich
In seinem Banner und Schild;

„Soll greifen in manches Königs Tisch
Mit seiner freien Hand,
Soll bringen zu Heil und Ehre frisch
Sein seufzend Mutterland." ¹

Roland Schildträger.

Der König Karl saß einst zu Tisch
Zu Aachen mit den Fürsten;
Man stellte Wildbret auf und Fisch
Und ließ auch keinen dürsten;
Viel Goldgeschirr von klarem Schein,
Manch roten, grünen Edelstein
Sah man im Saale leuchten.

Da sprach Herr Karl, der starke Held:
„Was soll der eitle Schimmer?
Das beste Kleinod dieser Welt,
Das fehlet uns noch immer;
Dies Kleinod, hell wie Sonnenschein,
Ein Riese trägt's im Schilde sein
Tief im Ardennerwalde."

Graf Richard, Erzbischof Turpin,
Herr Haimon, Naims von Bayern,
Milon von Anglant, Graf Garin,
Die wollten da nicht feiern;
Sie haben Stahlgewand begehrt
Und hießen satteln ihre Pferd',
Zu reiten nach dem Riesen.

Roland Schildträger.

Jung Roland, Sohn des Milon, sprach:
„Lieb Vater, hört! ich bitte:
Vermeint ihr mich zu jung und schwach,
Daß ich mit Riesen stritte,
Doch bin ich nicht zu winzig mehr,
Euch nachzutragen Euern Speer
Samt Eurem guten Schilde."

Die sechs Genossen ritten bald
Vereint nach den Ardennen;
Doch als sie kamen in den Wald,
Da thäten sie sich trennen.
Roland ritt hinterm Vater her;
Wie wohl ihm war, des Helden Speer,
Des Helden Schild zu tragen!

Bei Sonnenschein und Mondenlicht
Streiften die kühnen Degen.
Doch fanden sie den Riesen nicht
In Felsen noch Gehegen.
Zur Mittagsstund' am vierten Tag
Der Herzog Milon schlafen lag
In einer Eiche Schatten.

Roland sah in der Ferne bald
Ein Blitzen und ein Leuchten,
Davon die Strahlen in dem Wald
Die Hirsch' und Reh' aufscheuchten;
Er sah, es kam von einem Schild,
Den trug ein Riese groß und wild,
Vom Berge niedersteigend.

Roland gedacht' im Herzen sein:
„Was ist das für ein Schrecken!

Soll ich den lieben Vater mein
Im besten Schlaf erwecken?
Es wachet ja sein gutes Pferd,
Es wacht sein Speer, sein Schild und Schwert,
Es wacht Roland der junge."

Roland das Schwert zur Seite band,
Herrn Milons starkes Waffen;
Die Lanze nahm er in die Hand
Und that den Schild aufraffen;
Herrn Milons Roß bestieg er dann
Und ritt erst sachte durch den Tann,
Den Vater nicht zu wecken.

Und als er kam zur Felsenwand,
Da sprach der Ries' mit Lachen:
„Was will doch dieser kleine Fant
Auf solchem Rosse machen?
Sein Schwert ist zwier so lang als er,
Vom Rosse zieht ihn schier der Speer,
Der Schild will ihn erdrücken."

Jung Roland rief: „Wohlauf zum Streit!
Dich reuet noch dein Necken.
Hab' ich die Tartsche[1] lang und breit,
Kann sie mich besser decken.
Ein kleiner Mann, ein großes Pferd,
Ein kurzer Arm, ein langes Schwert
Muß eins dem andern helfen."

Der Riese mit der Stange schlug,
Auslangend in die Weite;
Jung Roland schwenkte schnell genug
Sein Roß noch auf die Seite.

Die Lanz' er auf den Riesen schwang,
Doch von dem Wunderschilde sprang
Auf Roland sie zurücke.

Jung Roland nahm in großer Hast
Das Schwert in beide Hände,
Der Riese nach dem seinen faßt',
Er war zu unbehende;
Mit flinkem Hiebe schlug Roland
Ihm unterm Schild die linke Hand,
Daß Hand und Schild entrollten.

Dem Riesen schwand der Mut dahin,
Wie ihm der Schild entrissen;
Das Kleinod, das ihm Kraft verliehn,
Mußt' er mit Schmerzen missen.
Zwar lief er gleich dem Schilde nach,
Doch Roland in das Knie ihn stach,
Daß er zu Boden stürzte.

Roland ihn bei den Haaren griff,
Hieb ihm das Haupt herunter,
Ein großer Strom von Blute lief
Ins tiefe Thal herunter;
Und aus des Toten Schild hernach
Roland das lichte Kleinod brach
Und freute sich am Glanze.

Dann barg er's unterm Kleide gut
Und ging zu einem Quelle;
Da wusch er sich von Staub und Blut
Gewand und Waffen helle.
Zurücke ritt der jung' Roland
Dahin, wo er den Vater fand
Noch schlafend bei der Eiche.

Er legt' sich an des Vaters Seit',
Vom Schlafe selbst bezwungen,
Bis in der kühlen Abendzeit
Herr Milon aufgesprungen:
„Wach' auf, wach' auf, mein Sohn Roland!
Nimm Schild und Lanze schnell zur Hand,
Daß wir den Riesen suchen!"

Sie stiegen auf und eilten sehr,
Zu schweifen in der Wilde;[1]
Roland ritt hinterm Vater her
Mit dessen Speer und Schilde.
Sie kamen bald zu jener Stätt',
Wo Roland jüngst gestritten hätt;
Der Riese lag im Blute.

Roland kaum seinen Augen glaubt',
Als nicht mehr war zu schauen
Die linke Hand, dazu das Haupt,
So er ihm abgehauen,
Nicht mehr des Riesen Schwert und Speer,
Auch nicht sein Schild und Harnisch mehr,
Nur Rumpf und blut'ge Glieder.

Milon besah den großen Rumpf:
„Was ist das für 'ne Leiche?
Man sieht noch am zerhauenen Stumpf,
Wie mächtig war die Eiche;
Das ist der Riese. Frag' ich mehr?
Verschlafen hab' ich Sieg und Ehr',
Drum muß ich ewig trauern."

Zu Aachen vor dem Schlosse stund
Der König Karl gar bange:

„Sind meine Helden wohl gesund?
Sie weilen allzu lange.
Doch, seh' ich recht, auf Königswort,
So reitet Herzog Haimon dort,
Des Riesen Haupt am Speere."

Herr Haimon ritt in trübem Mut,
Und mit gesenktem Spieße
Legt' er das Haupt, besprengt mit Blut,
Dem König vor die Füße:
„Ich fand den Kopf im wilden Hag,
Und fünfzig Schritte weiter lag
Des Riesen Rumpf am Boden."

Bald auch der Erzbischof Turpin
Den Riesenhandschuh brachte,
Die ungefüge Hand noch drin;
Er zog sie aus und lachte:
„Das ist ein schön Reliquienstück;
Ich bring' es aus dem Wald zurück,
Fand es schon zugehauen."

Der Herzog Naims von Bayerland
Kam mit des Riesen Stange:
„Schaut an, was ich im Walde fand!
Ein Waffen stark und lange.
Wohl schwitz' ich von dem schweren Druck;
Hei, bayrisch Bier, ein guter Schluck,
Sollt' mir gar köstlich munden."

Graf Richard kam zu Fuß daher,
Ging neben seinem Pferde;
Das trug des Riesen schwere Wehr,
Den Harnisch samt dem Schwerte:

Wer suchen will im wilden Tann,
Manch Waffenstück noch finden kann;
Ist mir zu viel gewesen."

Der Graf Garin thät ferne schon
Den Schild des Riesen schwingen.
„Der hat den Schild, des ist die Kron',
Der wird das Kleinod bringen."
„Den Schild hab' ich, ihr lieben Herrn!
Das Kleinod hätt' ich gar zu gern,
Doch das ist ausgebrochen."

Zuletzt thät man Herrn Milon sehn,
Der nach dem Schlosse lenkte;
Er ließ das Rößlein langsam gehn,
Das Haupt er traurig senkte.
Roland ritt hinterm Vater her
Und trug ihm seinen starken Speer
Zusamt dem festen Schilde.

Doch wie sie kamen vor das Schloß
Und zu den Herrn geritten,
Macht' er von Vaters Schilde los
Die Zierat in der Mitten:
Das Riesenkleinod setzt' er ein,
Das gab so wunderklaren Schein
Als wie die liebe Sonne.

Und als nun diese helle Glut
Im Schilde Milons brannte,
Da rief der König frohgemut:
„Heil Milon von Anglante!
Der hat den Riesen übermannt,
Ihm abgeschlagen Haupt und Hand,
Das Kleinod ihm entrissen."

Herr Milon hatte sich gewandt,
Sah staunend all die Helle:
„Roland, sag' an, du junger Fant!
Wer gab dir das, Geselle?"
„Um Gott, Herr Vater, zürnt mir nicht,
Daß ich erschlug den groben Wicht,
Derweil[1] Ihr eben schliefet!"

Schwäbische Kunde.[2]

Als Kaiser Rotbart lobesam
Zum heil'gen Land gezogen kam,
Da mußt' er mit dem frommen Heer
Durch ein Gebirge wüst und leer.
Daselbst erhub sich große Not,
Viel Steine gab's und wenig Brot,
Und mancher deutsche Reitersmann
Hat dort den Trunk sich abgethan.[3]
Den Pferden war's so schwach im Magen,
Fast mußt' der Reiter die Mähre tragen.
Nun war ein Herr aus Schwabenland
Von hohem Wuchs und starker Hand;
Des Rößlein war so krank und schwach,
Er zog es nur am Zaume nach;
Er hätt' es nimmer aufgegeben,
Und kostet's ihn das eigne Leben.
So blieb er bald ein gutes Stück
Hinter dem Heereszug zurück.
Da sprengten plötzlich in die Quer
Fünfzig türkische Reiter daher.
Die huben an, auf ihn zu schießen,
Nach ihm zu werfen mit den Spießen.
Der wackre Schwabe forcht[4] sich nit,

Ging seines Weges Schritt vor Schritt,
Ließ sich den Schild mit Pfeilen spicken
Und thät nur spöttlich um sich blicken,
Bis einer, dem die Zeit zu lang,
Auf ihn den krummen Säbel schwang.
Da wallt dem Deutschen auch sein Blut,
Er trifft des Türken Pferd so gut,
Er haut ihm ab mit einem Streich
Die beiden Vorderfüß' zugleich.
Als er das Tier zu Fall gebracht,
Da faßt er erst sein Schwert mit Macht,
Er schwingt es auf des Reiters Kopf,
Haut durch bis auf den Sattelknopf,
Haut auch den Sattel noch zu Stücken
Und tief noch in des Pferdes Rücken;
Zur Rechten sieht man wie zur Linken
Einen halben Türken heruntersinken.
Da packt die andern kalter Graus;
Sie fliehen in alle Welt hinaus,
Und jedem ist's, als würd' ihm mitten
Durch Kopf und Leib hindurchgeschnitten.
Drauf kam des Wegs 'ne Christenschar,
Die auch zurückgeblieben war;
Die sahen nun mit gutem Bedacht,
Was Arbeit unser Held gemacht.
Von denen hat's der Kaiser vernommen,
Der ließ den Schwaben vor sich kommen;
Er sprach: „Sag' an, mein Ritter wert!
Wer hat dich solche Streich' gelehrt?" [1]
Der Held bedacht' sich nicht zu lang:
„Die Streiche sind bei uns im Schwang;
Sie sind bekannt im ganzen Reiche,
Man nennt sie halt nur Schwabenstreiche."

Die Bidassoabrücke.[1]

Auf der Bidassoabrücke
Steht ein Heil'ger altergrau,
Segnet rechts die span'schen Berge,
Segnet links den fränk'schen Gau.
Wohl bedarf's an dieser Stelle
Milden Trostes himmelher,
Wo so mancher von der Heimat
Scheidet ohne Wiederkehr.

Auf der Bidassoabrücke
Spielt ein zauberhaft Gesicht;
Wo der eine Schatten siehet,
Sieht der andre goldnes Licht;
Wo dem einen Rosen lachen,
Sieht der andre dürren Sand;
Jedem ist das Elend[2] finster,
Jedem glänzt sein Vaterland.

Friedlich rauscht die Bidassoa
Zu der Herde Glockenklang;
Aber im Gebirge dröhnet
Knall auf Knall den Tag entlang.
Und am Abend steigt hernieder
Eine Schar zum Flußgestad,
Unstät mit zerrißner Fahne;
Blut beträufelt ihren Pfad.

Auf der Bidassoabrücke
Lehnen sie die Büchsen bei,
Binden sich die frischen Wunden,
Zählen, wer noch übrig sei;

Lange harren sie Vermißter,
Doch ihr Häuflein wächset nicht.
Einmal wirbelt noch die Trommel,
Und ein alter Kriegsmann spricht:

„Rollt die Fahne denn zusammen,
Die der Freiheit Banner war!
Nicht zum erstenmale wandelt
Diesen Grenzweg ihre Schar;
Nicht zum erstenmale[1] sucht sie
Eine Freistatt in der Fern';
Doch sie zieht nicht arm an Ehre,
Zieht nicht ohne günst'gen Stern.

„Der von vor'gen Freiheitskämpfen
Mehr, als einer, Narben führt,
Heute, da wir alle bluten,
Mina, bliebst du unberührt.
Ganz und heil ist uns der Retter,
Noch verbürgt ist Spaniens Glück.
Schreiten wir getrost hinüber!
Einst noch kehren wir zurück."[2]

Mina rafft sich auf vom Steine —
Müde saß er dort und still —
Blickt noch einmal nach den Bergen,
Wo die Sonne sinken will.
Seine Hand, zur Brust gehalten,
Hemmt nicht mehr des Blutes Lauf
Auf der Bidassoabrücke
Brachen alte Wunden auf.[3]

Ver sacrum.[1]

Als die Latiner aus Lavinium[2]
Nicht mehr dem Sturm der Feinde hielten Stand,
Da hoben sie zu ihrem Heiligtum,
Dem Speer des Mavors,[3] flehend Blick und Hand.

Da sprach der Priester, der die Lanze trug:
„Euch künd' ich statt des Gottes, der euch grollt:
‚Nicht wird er senden günst'gen Vogelflug,
Wenn ihr ihm nicht den Weihefrühling zollt.'"

„Ihm sei der Frühling heilig!" rief das Heer,
„Und was der Frühling bringt, sei ihm gebracht!"
Da rauschten Fittiche,[4] da klang der Speer,
Da ward geworfen der Etrusker Macht.

Und jene zogen heim mit Siegesruf,
Und wo sie jauchzten, ward die Gegend grün;
Feldblumen sproßten unter jedem Huf;
Wo Speere streiften, sah man Bäum' erblühn.

Doch vor der Heimat Thoren am Altar,
Da harrten schon zum festlichen Empfang
Die Frauen und der Jungfraun helle Schar,
Bekränzt mit Blüte, welche heut entsprang.

Als nun verrauscht der freudige Willkomm,
Da trat der Priester auf den Hügel, stieß
Ins Gras den heil'gen Schaft, verneigte fromm
Sein Haupt und sprach vor allem Volke dies:

„Heil dir, der Sieg uns gab in Todesgraus!
Was wir gelobten, das erfüllen wir;
Die Arme breit' ich auf dies Land hinaus
Und weihe diesen vollen Frühling dir.

„Was jene Trift, die herdenreiche, trug,
Das Lamm, das Zicklein flamme deinem Herd!
Das junge Rind erwachse nicht dem Pflug
Und für den Zügel nicht das muth'ge Pferd!

„Und was in jenen Blütengärten reift,
Was aus der Saat, der grünenden, gedeiht,
Es werde nicht von Menschenhand gestreift,
Dir sei es alles, alles dir geweiht!"

Schon lag die Menge schweigend auf den Knien;
Der gottgeweihte Frühling schwieg umher,
So leuchtend, wie kein Frühling je erschien;
Ein heil'ger Schauer waltet ahnungschwer.

Und weiter sprach der Priester: „Schon gefreit [1]
Wähnt ihr die Häupter, das Gelübd' vollbracht?
Vergaßt ihr ganz die Satzung alter Zeit?
Habt ihr, was ihr gelobt, nicht vorbedacht?

„Der Blüten Duft, die Saat im heitern Licht,
Die Trift, von neugeborner Zucht belebt,
Sind sie ein Frühling, wenn die Jugend nicht,
Die menschliche, durch sie den Reigen webt?

„Mehr, als die Lämmer, sind dem Gotte wert
Die Jungfraun in der Jugend erstem Kranz;
Mehr, als der Füllen auch, hat er begehrt
Der Jünglinge im ersten Waffenglanz.

„O nicht umsonst, ihr Söhne, waret ihr
Im Kampfe so von Gotteskraft durchglüht;
O nicht umsonst, ihr Töchter, fanden wir
Rückkehrend euch so wundervoll erblüht.

„Ein Volk haſt du vom Fall erlöſt, o Mars!
Von Schmach der Knechtſchaft hielteſt du es rein
Und willſt dafür die Jugend eines Jahrs;
Nimm ſie! Sie iſt dir heilig, ſie iſt dein."

Und wieder warf das Volk ſich auf den Grund,
Nur die Geweihten ſtanden noch umher,
Von Schönheit leuchtend, wenn auch bleich der Mund;
Und heil'ger Schauer lag auf allen ſchwer.

Noch lag die Menge ſchweigend wie das Grab,
Dem Gotte zitternd, den ſie erſt beſchwor;
Da fuhr aus blauer Luft ein Strahl herab
Und traf den Speer und flammt' auf ihm empor.

Der Prieſter hob dahin ſein Angeſicht —
Ihm wallte glänzend Bart und Silberhaar —
Das Auge ſtrahlend von dem Himmelslicht,
Verkündet' er, was ihm eröffnet war:

„Nicht läßt der Gott von ſeinem heil'gen Raub,
Doch will er nicht den Tod, er will die Kraft;
Nicht will er einen Frühling welt und taub,
Nein, einen Frühling, welcher treibt im Saft.

„Aus der Latiner alten Mauern ſoll
Dem Kriegsgott eine neue Pflanzung gehn;
Aus dieſem Lenz, inkräft'ger Keime voll,
Wird eine große Zukunft ihm erſtehn.

„Drum wähle jeder Jüngling sich die Braut!
Mit Blumen sind die Locken schon bekränzt;
Die Jungfrau folge dem, dem sie vertraut!
So zieht dahin, wo euer Stern erglänzt!

„Die Körner, deren Halme jetzt noch grün,
Sie nehmet mit zur Aussaat in der Fern'!
Und von den Bäumen, welche jetzt noch blühn,
Bewahret euch den Schößling und den Kern!

„Der junge Stier pflüg' euer Neubruchland!
Auf eure Weiden führt das muntre Lamm!
Das rasche Füllen spring' an eurer Hand,
Für künft'ge Schlachten ein gesunder Stamm!

„Denn Schlacht und Sturm ist euch vorausgezeigt;
Das ist ja dieses starken Gottes Recht,
Der selbst in eure Mitte niedersteigt,
Zu zeugen eurer Könige Geschlecht.

„In eurem Tempel haften wird sein Speer;
Da schlagen ihn die Feldherrn schütternd an,
Wann sie ausfahren über Land und Meer
Und um den Erdkreis ziehn die Siegesbahn.

„Ihr habt vernommen, was dem Gott gefällt.
Geht hin, bereitet euch! gehorchet still!
Ihr seid das Saatkorn einer neuen Welt;
Das ist der Weihefrühling, den er will."

Des Sängers Fluch.

Es stand in alten Zeiten ein Schloß so hoch und hehr;
Weit glänzt' es über die Lande bis an das blaue Meer,
Und rings von duft'gen Gärten ein blütenreicher Kranz,
Drin sprangen frische Brunnen im Regenbogenglanz.

Dort saß ein stolzer König, an Land und Siegen reich,
Er saß auf seinem Throne so finster und so bleich;
Denn, was er sinnt, ist Schrecken, und was er blickt, ist Wut,
Und was er spricht, ist Geißel, und was er schreibt, ist Blut.

Einst zog nach diesem Schlosse ein edles Sängerpaar,
Der ein' in goldnen Locken, der andre grau von Haar;
Der Alte mit der Harfe, der saß auf schmuckem Roß,
Es schritt ihm frisch zur Seite der blühende Genoß.

Der Alte sprach zum Jungen: „Nun sei bereit, mein Sohn!
Denk' unsrer tiefsten[1] Lieder, stimm' an den vollsten Ton!
Nimm alle Kraft zusammen, die Lust und auch den Schmerz!
Es gilt uns heut, zu rühren des Königs steinern Herz."

Schon stehn die beiden Sänger im hohen Säulensaal,
Und auf dem Throne sitzen der König und sein Gemahl,
Der König furchtbar prächtig wie blut'ger Nordlichtschein,
Die Königin süß und milde, als blickte Vollmond drein.

Da schlug der Greis die Saiten, er schlug sie wundervoll,
Daß reicher, immer reicher der Klang zum Ohre schwoll;
Dann strömte himmlisch helle des Jünglings Stimme vor,
Des Alten Sang dazwischen wie dumpfer Geisterchor.

Sie singen von Lenz und Liebe, von sel'ger goldner Zeit,
Von Freiheit, Männerwürde, von Treu' und Heiligkeit;
Sie singen von allem Süßen, was Menschenbrust durchbebt,
Sie singen von allem Hohen, was Menschenherz erhebt.

Die Höflingsschar im Kreise verlernet jeden Spott,
Des Königs trotz'ge Krieger, sie beugen sich vor Gott;
Die Königin, zerflossen in Wehmut und in Lust,
Sie wirft den Sängern nieder die Rose von ihrer Brust.

„Ihr habt mein Volk verführet; verlockt ihr nun mein Weib?"
Der König schreit es wütend, er bebt am ganzen Leib;
Er wirft sein Schwert, das blitzend des Jünglings Brust durchdringt,
Draus statt der goldnen Lieder ein Blutstrahl hoch aufspringt.

Und wie vom Sturm zerstoben ist all der Hörer Schwarm.
Der Jüngling hat verröchelt in seines Meisters Arm;
Der schlägt um ihn den Mantel und setzt ihn auf das Roß,
Er bindt ihn aufrecht feste, verläßt mit ihm das Schloß.

Doch vor dem hohen Thore, da hält der Sängergreis,
Da faßt er seine Harfe, sie aller Harfen Preis.
An einer Marmorsäule, da hat er sie zerschellt;
Dann ruft er, daß es schaurig durch Schloß und Gärten gellt:

„Weh euch, ihr stolzen Hallen! Nie töne süßer Klang
Durch eure Räume wieder, nie Saite noch Gesang,
Nein, Seufzer nur und Stöhnen und scheuer Sklavenschritt,
Bis euch zu Schutt und Moder der Rachegeist zertritt!

„Weh euch, ihr duft'gen Gärten im holden Maienlicht!
Euch zeig' ich dieses Toten entstelltes Angesicht,
Daß ihr darob verdorret, daß jeder Quell versiegt,
Daß ihr in künft'gen Tagen versteint, verödet liegt.

„Weh dir, veruchter Mörder, du Fluch des Sängertums!
Umsonst sei all dein Ringen nach Kränzen blut'gen Ruhms!
Dein Name sei vergessen, in ew'ge Nacht getaucht,
Sei wie ein letztes Röcheln in leere Luft verhaucht!"

Der Alte hat's gerufen, der Himmel hat's gehört,
Die Mauern liegen nieder, die Hallen sind zerstört;
Noch eine hohe Säule zeugt von verschwundner Pracht;
Auch diese, schon geborsten, kann stürzen über Nacht.

Und rings statt duft'ger Gärten ein ödes Heideland,
Kein Baum verstreuet Schatten, kein Quell durchdringt den Sand;
Des Königs Namen meldet kein Lied, kein Heldenbuch;
Versunken und vergessen. Das ist des Sängers Fluch.

Tells Tod.[1]

Grün wird die Alpe werden,
Stürzt die Lawin' einmal;
Zu Berge ziehn die Herden,
Fuhr erst der Schnee zu Thal.
Euch stellt, ihr Alpensöhne,
Mit jedem neuen Jahr
Des Eises Bruch vom Föhne[2]
Den Kampf der Freiheit dar.

Da braust der wilde Schächen[3]
Hervor aus seiner Schlucht,
Und Fels und Tanne brechen
Von seiner jähen Flucht.
Er hat den Steg begraben,
Der ob der Stäube[4] hing,

Hat weggespült den Knaben,
Der auf dem Stege ging.

Und eben schritt ein andrer
Zur Brücke, da sie brach;
Nicht stutzt der greise Wandrer,
Wirft sich dem Knaben nach,
Faßt ihn mit Adlerschnelle,
Trägt ihn zum sichern Ort;
Das Kind entspringt der Welle,
Den Alten reißt sie fort.

Doch als nun ausgestoßen
Die Flut den toten Leib,
Da stehn um ihn, ergossen
In Jammer, Mann und Weib;
Als tracht' in seinem Grunde
Des Rotstocks[1] Felsgestell,
Erschallt's aus einem Munde:
„Der Tell ist tot, der Tell!"

Wär' ich ein Sohn der Berge,
Ein Hirt am ew'gen Schnee,
Wär' ich ein kecker Ferge[2]
Auf Uris grünem See
Und trät' in meinem Harme
Zum Tell, wo er verschied,
Des Toten Haupt im Arme,
Spräch' ich mein Klagelied:

„Da liegst du eine Leiche,
Der aller Leben war;
Dir trieft noch um das bleiche
Gesicht dein greises Haar.

Hier steht, den du gerettet,
Ein Kind wie Milch und Blut;
Das Land, das du entkettet,
Steht rings in Alpenglut.

„Die Kraft derselben Liebe,
Die du dem Knaben trugst,
Ward einst in dir zum Triebe,
Daß du den Zwingherrn schlugst.
Nie schlummernd, nie erschrocken,
War Retten stets dein Brauch, [1]
Wie in den braunen Locken,
So in den grauen auch.

„Wärst du noch jung gewesen,
Als du den Knaben fingst,
Und wärst du dann genesen, [2]
Wie du nun untergingst,
Wir hätten draus geschlossen
Auf künft'ger Thaten Ruhm;
Doch schön ist nach dem großen
Das schlichte Heldentum.

„Dir hat dein Ohr geklungen
Vom Lob, das man dir bot;
Doch ist zu ihm gedrungen
Ein schwacher Ruf der Not.
Der ist ein Held der Freien,
Der, wenn der Sieg ihn kränzt,
Noch glüht, sich dem zu weihen,
Was frommet und nicht glänzt.

„Gesund bist du gekommen
Vom Werk des Zorns zurück,

Im hilfereichen frommen
Verließ dich erst dein Glück.
Der Himmel hat dein Leben
Nicht für ein Volk begehrt;
Für dieses Kind gegeben,
War ihm dein Opfer wert.

„Wo du den Vogt getroffen
Mit deinem sichern Strahl,
Dort steht ein Bethaus[1] offen,
Dem Strafgericht ein Mal;[2]
Doch hier, wo du gestorben,
Dem Kind ein Heil zu sein,
Hast du dir nur erworben
Ein schmuckloß Kreuz von Stein.

„Weithin wird lobgesungen,
Wie du dein Land befreit;
Von großer Dichter Zungen[3]
Vernimmt's noch späte Zeit;
Doch steigt am Schächen nieder
Ein Hirt im Abendrot,
Dann hallt im Felsthal wider
Das Lied von deinem Tod."

Graf Eberhard der Rauschebart.

Ist denn im Schwabenlande verschollen aller Sang,
Wo einst so hell vom Staufen die Ritterharfe klang?
Und wenn er nicht verschollen, warum vergißt er ganz
Der tapfern Väter Thaten, der alten Waffen Glanz?

Man lispelt leichte Liedchen, man spitzt manch Sinngedicht,
Man höhnt die holden Frauen, des alten Liebes Licht;[1]
Wo rüstig Heldenleben längst auf Beschwörung lauscht,[2]
Da trippelt man vorüber und schauert, wenn es rauscht.

Brich denn aus deinem Sarge, steig aus dem düstern Chor
Mit deinem Heldensohne, du Rauschebart, hervor![3]
Du schlugst dich unverwüstlich noch greise Jahr' entlang;
Brich auch durch unsre Zeiten mit hellem Schwertesklang!

---

1. Der Ueberfall im Wildbad.

In schönen Sommertagen, wenn lau die Lüfte wehn,
Die Wälder lustig grünen, die Gärten blühend stehn,
Da ritt aus Stuttgarts Thoren ein Held von stolzer Art,
Graf Eberhard der Greiner, der alte Rauschebart.

Mit wenig Edelknechten zieht er ins Land hinaus;
Er trägt nicht Helm noch Panzer, nicht geht's auf blut'gen Strauß;
Ins Wildbad will er reiten, wo heiß ein Quell entspringt,
Der Sieche heilt und kräftigt, der Greise wieder jüngt.

Zu Hirsau bei dem Abte, da kehrt der Ritter ein
Und trinkt bei Orgelschalle den kühlen Klosterwein;
Dann geht's durch Tannenwälder ins grüne Thal gesprengt,
Wo durch ihr Felsenbette die Enz sich rauschend drängt.

Zu Wildbad an dem Markte, da steht ein stattlich Haus;
Es hängt daran zum Zeichen ein blanker Spieß heraus.
Dort steigt der Graf vom Rosse, dort hält er gute Rast;
Den Quell besucht er täglich, der ritterliche Gast.

Wann er sich dann entkleidet und wenig ausgeruht
Und sein Gebet gesprochen, so steigt er in die Flut;
Er setzt sich stets zur Stelle, wo aus dem Felsenspalt
Am heißesten und vollsten der edle Sprudel wallt.

Ein angeschoßner Eber, der sich die Wunde wusch,
Verriet voreinst den Jägern den Quell in Kluft und Busch;
Nun ist's dem alten Recken ein lieber Zeitvertreib,
Zu waschen und zu strecken den narbenvollen Leib.

Da kommt einsmals gesprungen sein jüngster Edelknab:
„Herr Graf, es zieht ein Haufe das obre Thal herab,
Sie tragen schwere Kolben, der Hauptmann führt im Schild
Ein Röslein rot von Golde und einen Eber wild."

„Mein Sohn, das sind die Schlegler,[1] die schlagen kräftig drein.
Gib mir den Leibrock, Junge! Das ist der Eberstein.
Ich kenne wohl den Eber, er hat so grimmen Zorn;
Ich kenne wohl die Rose, sie führt so scharfen Dorn."

Da kommt ein armer Hirte in atemlosem Lauf:
„Herr Graf, es zieht 'ne Rotte das untre Thal herauf,
Der Hauptmann führt drei Beile; sein Rüstzeug glänzt und gleißt,
Daß mir's wie Wetterleuchten noch in den Augen beißt."

„Das ist der Wunnensteiner, der gleißend Wolf genannt.
Gib mir den Mantel, Knabe! Der Glanz ist mir bekannt,
Er bringt mir wenig Wonne, die Beile hauen gut.
Bind mir das Schwert zur Seite! Der Wolf, der lechzt nach Blut."

Da spricht der arme Hirte: „Des mag noch werden Rat;
Ich weiß geheime Wege, die noch kein Mensch betrat;
Kein Roß mag sie ersteigen, nur Geißen klettern dort.
Wollt Ihr sogleich mir folgen, ich bring' Euch sicher fort."

Sie klimmen durch das Dickicht den steilsten Berg hinan;
Mit seinem guten Schwerte haut oft der Graf sich Bahn.
Wie herb das Fliehen schmecke, noch hatt' er's nie vermerkt;
Viel lieber möcht' er fechten, das Bad hat ihn gestärkt.

In heißer Mittagsstunde bergunter und bergauf;
Schon muß der Graf sich lehnen auf seines Schwertes Knauf;
Darob erbarmt's den Hirten des alten hohen Herrn,
Er nimmt ihn auf den Rücken: „Ich thu's von Herzen gern."

Da denkt der alte Greiner: „Es thut doch wahrlich gut,
So sänftlich sein getragen von einem treuen Blut.
In Fährden und in Nöten zeigt erst das Volk sich echt;
Drum soll man nie zertreten sein altes gutes Recht."

Als drauf der Graf gerettet zu Stuttgart sitzt im Saal,
Heißt er 'ne Münze prägen als ein Gedächtnismal.
Er gibt dem treuen Hirten manch blankes Stück davon,
Auch manchem Herrn vom Schlegel verehrt er eins zum Hohn.

Dann schickt er tücht'ge Maurer ins Wildbad allsofort:
Die sollen Mauern führen rings um den offnen Ort,
Damit in künft'gen Sommern sich jeder greise Mann,
Von Feinden ungefährdet, im Bade jüngen kann.

---

2. Die drei Könige zu Heimsen.[1]

Drei Könige zu Heimsen, wer hätt' es je gedacht,
Mit Rittern und mit Rossen, in Herrlichkeit und Pracht!
Es sind die hohen Häupter der Schlegelbrüderschaft;
Sich Könige zu nennen, das gibt der Sache Kraft.

Da thronen sie beisammen und halten eifrig Rat,
Bedenken und besprechen gewalt'ge Waffenthat:
Wie man den stolzen Greiner mit Kriegsheer überfällt
Und besser, als im Bade, ihm jeden Schlich verstellt;

Wie man ihn dann verwahret und seine Burgen bricht,
Bis er von allem Zwange die Edeln ledig spricht,
Dann fahre wohl, Landfriede! dann, Lehndienst, gute Nacht!
Dann ist's der freie Ritter, der alle Welt verlacht.

Schon sank die Nacht hernieder, die Kön'ge sind zur Ruh;
Schon krähen jetzt die Hähne dem nahen Morgen zu;
Da schallt mit scharfem Stoße das Wächterhorn vom Turm.
Wohlauf, wohlauf, ihr Schläfer! Das Horn verkündet Sturm.

In Nacht und Nebel draußen, da wogt es wie ein Meer
Und zieht von allen Seiten sich um das Städtlein her:
Verhaltne Männerstimmen, verworrner Gang und Drang,
Hufschlag und Rossesschnauben und dumpfer Waffenklang.

Und als das Frührot leuchtet und als der Nebel sinkt,
Hei, wie es da von Speeren, von Morgensternen blinkt!
Des ganzen Gaues Bauern stehn um den Ort geschart,
Und mitten hält zu Rosse der alte Rauschebart.

Die Schlegler möchten schirmen das Städtlein und das Schloß,
Sie werfen von den Türmen mit Steinen und Geschoß.
„Nur sachte!" ruft der Greiner, „euch wird das Bad geheizt:
Aufdampfen soll's und qualmen, daß euch's die Augen beizt."

Rings um die alten Mauern ist Holz und Stroh gehäuft,
In dunkler Nacht geschichtet und wohl mit Teer beträuft;
Drein schießt man glühnde Pfeile; wie raschelt's da im Stroh!
Drein wirft man feur'ge Kränze; wie flackert's lichterloh!

Und noch von allen Enden wird Vorrat zugeführt,
Von all den rüst'gen Bauern wird emsig nachgeschürt,
Bis höher, immer höher die Flamme leckt und schweift
Und schon mit lust'gem Prasseln der Türme Dach ergreift.

Ein Thor ist frei gelassen; so hat's der Graf beliebt.
Dort hört man, wie der Riegel sich leise lose schiebt;
Dort stürzen wohl verzweifelnd die Schlegler jetzt heraus?
Nein, frieblich zieht's herüber als wie ins Gotteshaus.

Voran drei Schlegelkön'ge zu Fuß demütiglich,
Mit unbedecktem Haupte, die Augen unter sich;
Dann viele Herrn und Knechte gemachsam, Mann für Mann,
Daß man sie alle zählen und wohl betrachten kann.

„Willkomm!" so ruft der Greiner, „willkomm in meiner Haft!
Ich traf euch gut beisammen, geehrte Brüberschaft!
So konnt' ich wieder dienen für den Besuch im Bad.
Nur einen miss' ich, Freunde, den Wunnenstein; 's ist schad'."

Ein Bäuerlein, das treulich am Feuer mitgefacht,
Lehnt dort an seinem Spieße, nimmt alles wohl in acht;
„Drei Könige zu Heimsen," so schmollt es, „das ist viel;
Erwischt man noch den vierten, so ist's ein Kartenspiel."

---

3. Die Schlacht bei Reutlingen. 1377.

Zu Achalm auf dem Felsen, da haust manch kühner Aar,
Graf Ulrich, Sohn des Greiners, mit seiner Ritterschar;
Wild rauschen ihre Flüge um Reutlingen die Stadt;
Bald scheint sie zu erliegen, vom heißen Drange matt.

Doch plötzlich einst erheben die Städter sich zu Nacht,
Ins Urachthal hinüber sind sie mit großer Macht;
Bald steigt von Dorf und Mühle die Flamme blutig rot;
Die Herden weggetrieben, die Hirten liegen tot.

Herr Ulrich hat's vernommen; er ruft im grimmen Zorn:
„In eure Stadt soll kommen kein Huf und auch kein Horn."
Da sputen sich die Ritter, sie wappnen sich in Stahl,
Sie heischen ihre Rosse, sie reiten stracks zu Thal.

Ein Kirchlein stehet drunten, Sankt Leonhard geweiht,
Dabei ein grüner Anger; der scheint bequem zum Streit.
Sie springen von den Pferden, sie ziehen stolze Reihn,
Die langen Spieße starren; wohlauf! wer wagt sich drein?

Schon ziehn vom Urachthale die Städter fern herbei;
Man hört der Männer Jauchzen, der Herden wild Geschrei,
Man sieht sie fürber schreiten, ein wohlgerüstet Heer;
Wie flattern stolz die Banner! wie blitzen Schwert und Speer!

Nun schließ dich fest zusammen, du ritterliche Schar!
Wohl hast du nicht geahnet so dräuende Gefahr.
Die übermächt'gen Rotten, sie stürmen an mit Schwall,
Die Ritter stehn und starren wie Fels und Mauerwall.

Zu Reutlingen am Zwinger, da ist ein altes Thor;
Längst wob mit dichten Ranken der Epheu sich davor.
Man hatt' es schier vergessen; nun kracht's mit einmal auf,
Und aus dem Zwinger stürzet gedrängt ein Bürgerhauf'.

Den Rittern in den Rücken fällt er mit grauser Wut;
Heut will der Städter baden im heißen Ritterblut.
Wie haben da die Gerber so meisterlich gegerbt!
Wie haben da die Färber so purpurrot gefärbt!

Heut nimmt man nicht gefangen, heut geht es auf den Tod,
Heu! spritzt das Blut wie Regen, der Anger blümt sich rot.
Stets drängender umschlossen und wütender bestürmt,
Ist rings von Bruderleichen die Ritterschar umtürmt.

Das Fähnlein ist verloren, Herr Ulrich blutet stark;
Die noch am Leben blieben, sind müde bis ins Mark.
Da haschen sie nach Rossen und schwingen sich darauf,
Sie hauen durch, sie kommen zur festen Burg hinauf.

„Ach Allm!" stöhnt' einst ein Ritter; ihn traf des Mörders Stoß;
„Allmächt'ger!" wollt' er rufen; man hieß davon das Schloß.
Herr Ulrich sinkt vom Sattel halbtot, voll Blut und Qualm;
Hätt' nicht das Schloß den Namen, man hieß' es jetzt Achalm.

Wohl kommt am andern Morgen zu Reutlingen aus Thor
Manch trauervoller Knappe, der seinen Herrn verlor.
Dort auf dem Rathaus liegen die Toten all gereiht;
Man führt dahin die Knechte mit sicherem Geleit.

Dort liegen mehr, denn sechzig, so blutig und so bleich;
Nicht jeder Knapp erkennet den toten Herrn sogleich.
Dann wird ein jeder Leichnam von treuen Dieners Hand
Gewaschen und gekleidet in weißes Grabgewand.

Auf Bahren und auf Wagen, getragen und geführt,
Mit Eichenlaub bekränzet, wie's Helden wohl gebührt,
So geht es nach dem Thore die alte Stadt entlang;
Dumpf tönet von den Türmen der Totenglocken Klang.

Götz Weißenheim eröffnet den langen Leichenzug.
Er war es, der im Streite des Grafen Banner trug;
Er hatt' es nicht gelassen, bis er erschlagen war;
Drum mag er würdig führen auch noch die tote Schar.

Drei edle Grafen folgen, bewährt in Schildesamt,[1]
Von Tübingen, von Zollern, von Schwarzenberg entstammt.
O Zollern, deine Leiche umschwebt ein lichter Kranz.
Sahst du vielleicht noch sterbend dein Haus im künft'gen Glanz?[2]

Von Sachsenheim zween Ritter, der Vater und der Sohn,
Die liegen still beisammen in Lilien und in Mohn.[3]
Auf ihrer Stammburg wandelt von alters her ein Geist,
Der längst mit Klaggebärden auf schweres Unheil weist.

Einst war ein Herr von Lustnau vom Scheintod auferwacht
Er kehrt' im Leichentuche zu seiner Frau bei Nacht,
Davon man sein Geschlechte die Toten hieß zum Scherz.
Hier bringt man ihrer einen, den traf der Tod ins Herz.

Das Lied, es folgt nicht weiter, des Jammers ist genug.
Will jemand alle wissen, die man von dannen trug,
Dort auf den Rathausfenstern in Farben bunt und klar
Stellt jedes Ritters Name und Wappenschild sich dar.

Als nun von seinen Wunden Graf Ulrich ausgeheilt,
Da reitet er nach Stuttgart; er hat nicht sehr geeilt.
Er trifft den alten Vater allein am Mittagsmahl;
Ein frostiger Willkommen; kein Wort ertönt im Saal.

Dem Vater gegenüber sitzt Ulrich an den Tisch,
Er schlägt die Augen nieder; man bringt ihm Wein und Fisch
Da faßt der Greis ein Messer und spricht kein Wort dabei
Und schneidet zwischen beiden das Tafeltuch entzwei.

4. Die Döffinger Schlacht. 1388.

Am Ruheplatz der Toten, da pflegt es still zu sein,
Man hört nur leises Beten bei Kreuz und Leichenstein.
Zu Döffingen war's anders; dort scholl den ganzen Tag
Der feste Kirchhof wider von Kampfruf, Stoß und Schlag.

Die Städter sind gekommen, der Bauer hat sein Gut
Zum festen Ort geflüchtet und hält's in tapfrer Hut.
Mit Spieß und Karst und Sense treibt er den Angriff ab;
Wer tot zu Boden sinket, hat hier nicht weit ins Grab.

Graf Eberhard der Greiner vernahm der Seinen Not;
Schon kommt er angezogen mit starkem Aufgebot,
Schon ist um ihn versammelt der besten Ritter Kern,
Vom edeln Löwenbunde die Grafen und die Herrn.

Da kommt ein reis'ger Bote vom Wolf von Wunnenstein:
„Mein Herr mit seinem Banner will Euch zu Dienste sein."
Der stolze Graf entgegnet: „Ich hab' sein nicht begehrt;
Er hat umsonst die Münze, die ich ihm einst verehrt."

Bald sieht Herr Ulrich drüben der Städte Scharen stehn,
Von Reutlingen, von Augsburg, von Ulm die Banner wehn;
Da brennt ihn seine Narbe, da gärt der alte Groll:
„Ich weiß, ihr Uebermüt'gen, wovon der Kamm euch schwoll."

Er sprengt zu seinem Vater: „Heut zahl' ich alte Schuld;
Will's Gott, erwerb' ich wieder die väterliche Huld.
Nicht darf ich mit dir speisen auf einem Tuch, du Held!
Doch darf ich mit dir schlagen auf einem blut'gen Feld."

Sie steigen von den Gaulen, die Herrn vom Löwenbund,
Sie stürzen auf die Feinde, thun sich als Löwen kund.
Hei, wie der Löwe Ulrich so grimmig tobt und würgt!
Er will die Schuld bezahlen, er hat sein Wort verbürgt.

Wen trägt man aus dem Kampfe dort auf den Eichenstumpf?
„Gott sei mir Sünder gnädig!" Er stöhnt's, er röchelt's dumpf.
O königliche Eiche, dich hat der Blitz zerspellt; [1]
O Ulrich, tapfrer Ritter, dich hat das Schwert gefällt.

Da ruft der alte Recke, den nichts erschüttern kann:
„Erschreckt nicht! Der gefallen, ist wie ein andrer Mann.
Schlagt drein! Die Feinde fliehen." Er ruft's mit Donnerlaut;
Wie rauscht sein Bart im Winde! hei, wie der Eber haut!

Die Städter han vernommen das seltsam list'ge Wort.
„Wer flieht?" so fragen alle; schon wankt es hier und dort.
Das Wort hat sie ergriffen gleich einem Zauberlied,
Der Graf und seine Ritter durchbrechen Glied auf Glied.

Was gleißt und glänzt da droben und zuckt wie Wetterschein?
Das ist mit seinen Reitern der Wolf von Wunnenstein.
Er wirft sich auf die Städter, er sprengt sich weite Bucht,
Da ist der Sieg entschieden, der Feind in wilder Flucht.

Im Erntemond geschah es; bei Gott, ein heißer Tag!
Was da der edeln Garben auf allen Feldern lag!
Wie auch so mancher Schnitter die Arme sinken läßt!
Wohl halten diese Ritter ein blutig Sichelfest.

Noch lange traf der Bauer, der hinterm Pfluge ging,
Auf rost'ge Degenklingen, Speereisen, Panzerring;
Und als man eine Linde zersägt und niederstreckt,
Zeigt sich darin ein Harnisch und ein Gerippe versteckt.

Als nun die Schlacht geschlagen und Sieg geblasen war,
Da reicht der alte Greiner dem Wolf die Rechte dar:
„Hab' Dank, du tapfrer Degen, und reit mit mir nach Haus,
Daß wir uns gütlich pflegen nach diesem harten Strauß!"

„Hei," spricht der Wolf mit Lachen, „gefiel Euch dieser Schwank?
Ich stritt aus Haß der Städte und nicht um Euren Dank.
Gut Nacht und Glück zur Reise! Es steht im alten Recht."[1]
Er spricht's und jagt von dannen mit Ritter und mit Knecht.

Zu Döffingen im Dorfe, da hat der Graf die Nacht
Bei seines Ulrichs Leiche, des einz'gen Sohns, verbracht;
Er kniet zur Bahre nieder, verhüllet sein Gesicht;
Ob er vielleicht im stillen geweint, man weiß es nicht.

Des Morgens mit dem frühsten steigt Eberhard zu Roß,
Gen Stuttgart fährt er wieder mit seinem reis'gen Troß;
Da kommt des Wegs gelaufen der Zuffenhauser Hirt;
„Dem Mann ist's trüb zu Mute; was der uns bringen wird?"

„Ich bring' Euch böse Kunde: nächt[2] ist in unsern Trieb
Der gleißend Wolf gefallen, er nahm, so viel ihm lieb."
Da lacht der alte Greiner in seinen grauen Bart:
„Das Wölflein holt sich Kochfleisch, das ist des Wölfleins Art."

Sie reiten rüstig fürder; sie sehn aus grünem Thal
Das Schloß von Stuttgart ragen, es glänzt im Morgenstrahl;
Da kommt des Wegs geritten ein schmucker Edelknecht:
„Der Knab will mich bedünken, als ob er Gutes brächt'."

„Ich bring' Euch frohe Märe: Glück zum Urenkelein!
Antonia hat geboren ein Knäblein hold und fein."
Da hebt er hoch die Hände, der ritterliche Greis:
„Der Fink hat wieder Samen;[3] dem Herrn sei Dank und Preis!"

Anmerkungen.

Seite 2. ¹ **lieg' ich ins tiefe Gras** — seltenere Form für: leg' ich mich. Aehnlich schlafen lag statt: sich schl. legte (in Roland Schildträger); ferner sitzen statt sich setzen in Eberhard b. R. 3: „sitzt Ulrich an den Tisch".

Seite 6. ¹ **zum Wunsche nicht gedeiht** — kein Streben hervorruft.

Seite 7. ¹ Dies Lied wurde veranlaßt durch die unweit Tübingen auf einem Bergvorsprunge gelegene Wurmlinger Kapelle, von der man eine schöne Aussicht genießt, oft das Ziel der Wanderungen Uhlands und seiner Freunde.

Seite 8. ¹ **auf den Bergen wallt** — von Berg zu Berg sich fortlaufend verbreitet.

Seite 9. ¹ **Katten** — altgermanischer Volksstamm im Hessenlande.

Seite 11. ¹ Eine scharfe, edelgehaltene Anklage der seit 1816 befolgten Politik der regierenden Mächte. ² In dem ersten Jubel über die errungene Befreiung von der Napoleonischen Fremdherrschaft beschloß man, den 18. Oktober als alljährliches Siegesfest durch Gottesdienst, Geläute und Feuer auf den Berghöhen zu feiern, was nach und nach in den meisten Staaten beseitigt ward.

Seite 12. ¹ **auf den Knieen laget.** — Als nach der Schlacht bei Leipzig Fürst Schwarzenberg den drei verbündeten Monarchen die Kunde des Sieges überbrachte, knieten sie nieder zum Dankgebete. Später suchte man dies in Abrede zu stellen. ² **Ihr Weisen** — Gelehrte, welche mit ihren Schriften den Geist der Zeit leiten zu können vermeinen, während der gesunde und gerade Sinn des Volkes das Richtige trifft, wenn er einfach sein wiedererstrittenes Recht verlangt. ³ Ein

Anmerkungen.

Phönix — Anspielung auf die schöne Sage von dem Wundervogel, der sich selbst verbrennt, um in verjüngter Gestalt aus den Flammen hervorzugehen. 4 **auszubruten** — altdeutsche Form für das jetzt gebräuchliche **ausbrüten**. 5 **nichts gewußt** — die Bedeutung dieser Völkerschlacht nicht gewürdigt habt. 6 **an Geisterstimmen** — an die Macht der geistigen Bewegung.

Seite 15. 1 **wie eine Sonne** kann mit herrlich oder mit strahlend verbunden werden. 2 **die Jungfrau sah ich nicht** — weil sie inzwischen aus dem Leben abgerufen ist.

Seite 16. 1 **ein schwarzer Ritter** — Allegorie des Todes, verwandt mit den in der Poesie und Kunst des Mittelalters häufigen Totentänzen, wo der Tod kein Geschlecht und Alter, keinen Stand verschont und seine Beute im Tanze fortführt. — In der Form ist der noch sehr jugendliche Dichter nicht sehr glücklich, namentlich stört der gehäufte Gebrauch der veralteten Imperfektform **thät**, wie in „Roland Schildträger".

Seite 17. 1 **brech' ich Rosen** — führe sie fort in der Blüte der Jugend.

Seite 20. 1 **Der blinde König.** — „Der Heldensage habe ich meinen ‚blinden König' (1804) entnommen." Uhland.

Seite 21. 1 **Der Skalden Preis** — von den Sängern ihrer siegreichen Kämpfe wegen gefeiert. Schlachtschwerter der Helden werden oft in der Sage gefeiert. Siegfrids Balmung, Rolands Durenda, Cids Tizona sind bekannte Beispiele.

Seite 23. 1 **Die Mähderin.** — „Der Stoff ist der gewöhnlichen Gegenwart entnommen, und wahrscheinlich liegt ein wirklicher Vorfall zu Grunde;" s. W. B. Holland, Uhlands Gedicht „Die Mähderin", 1874.

Seite 24. 1 **Gott der Lieder** — Apoll, den die geliebte Daphne verschmähte und floh, bis sie in einen Lorbeerbaum verwandelt wurde, mit dessen Laub er sich schmückte: „unglückselger Liebe Zeichen".

Seite 25. 1 **Rudello.** — Die Erzählung von Jaufre Rudellos, eines der älteren Troubadours, schwärmerischer Liebe zu der nie von ihm gesehenen, aber in den Berichten der Kreuzfahrer viel gepriesenen Gräfin von Tripolis (in Syrien) entspricht dem Geist der Zeit. In einem uns aufbehaltenen Liede sagt der Dichter selbst: „Ich liebe eine Dame, die ich nie gesehen habe;

aber ich weiß, unter allen Schönheiten ist keine, die ihr gleicht. Erfüllt von ihrem Bilde, schlafe ich des Nachts ein" 2c. — Rubello starb gleich nach seiner Ankunft in Tripolis in den Armen der Gräfin, die ihn in dem Tempelhause zu Tripolis ehrenvoll bestatten ließ. Noch denselben Tag begab sie sich ins Kloster.

Seite 27. [1] „Durand ist der Rechtsgelehrte und Dichter Wilhelm Duranbus, richtiger Durantis." W. L. H.

Seite 29. [1] Kastellan von Coucy — ein altfranzösischer Dichter des 13. Jahrh., von dem wir noch über 20 Lieder besitzen. — Die hohen Schönheiten der lebendig erzählten Romanze werden durch das schauervolle Essen des einbalsamierten Herzens, was in den Mittelpunkt der Erzählung tritt, sehr beeinträchtigt. Der Stoff wurde in vielen Sprachen als Volkslied bearbeitet. In einer provençalischen Bearbeitung bringt der Ritter auf die Dame mit dem Schwerte ein, und sie stürzt sich vom Balkon.

Seite 32. [1] Dante Alighieri, der größte der italienischen Dichter, schildert selbst in der vita nuova das Erwachen seiner Jugendliebe zu der damals achtjährigen Beatrice, er selbst neunjährig. Sie starb im jugendlichen Alter. Der Dichter verherrlichte sie in seiner divina comedia, „einem göttlichen Gedicht", wo sie ihn zur Anschauung des Paradieses geleitet, nachdem ihn Birgil („ein Abgesandter") „durch der Hölle tiefste Schluchten" geführt hat.

Seite 35. [1] Bertrand de Born — dessen Blüte in das letzte Drittel des 12. Jahrhunderts fällt, war gefeiert als Sänger und zugleich gewaltig mit dem Schwerte und stets bereit zum Kampfe. Daher ward er wiederholt in die inneren Streitigkeiten des südlichen Frankreichs verwickelt, besonders in die Fehden der Söhne Heinrichs II. gegen ihren Vater. Er war aufs innigste befreundet mit dem ältesten, Heinrich, den der Vater schon 1170 zum König krönen ließ. Wenige Jahre später empörten sich die Söhne, wobei Bertrand der Hauptanstifter war. Mehrere Verhandlungen und Verträge führten zu keinem dauernden Frieden. Mitten unter neuen Rüstungen starb der junge König Heinrich (1183). Als er sich dem Tode nahe fühlte, schickte er einen Eilboten an seinen Vater und bat um Vergebung. Der König übersandte ihm einen Ring als ein Zeichen seiner Verzeihung und Liebe. Tief war Bertrand durch den Tod des Freundes erschüttert;

Anmerkungen. 91

zwei Klagelieder gaben seinem Schmerze einen lebhaften Ausdruck. Der Aufstand wurde bald niedergeschlagen. Das stark befestigte Autafort (Hautefort) wurde trotz Bertrands tapferer Gegenwehr mit Sturm genommen. Der gefangene Burgherr wurde in des Königs Zelt geführt. Dieser wandte sich mit höhnischer Anrede zu ihm: „Ihr habt Euch einmal berühmt, daß Euch nicht die Hälfte Eures Geistes nötig sei; jetzt scheint er Euch ganz not zu thun." Bertrand erwiderte: „Es ist wahr, daß ich dies gesagt habe; allein nun habe ich ihn nicht mehr — an dem Tage, wo Euer Sohn starb, verlor ich alles, was ich an Geist hatte, Verstand und Bewußtsein." Der König wurde gerührt und gab ihm seine Güter zurück. Bertrand warf sich ihm zu Füßen und schwor eine Ergebenheit ohne Grenzen. — Die Tochter des Königs, deren Uhland gedenkt, war Mathilde, die Gemahlin Heinrichs des Löwen, der Bertrand einige Lieder widmete. [2] **Perigord, Ventaborn** — Landschaften in Südfrankreich im Gebiet der Könige von England.

Seite 36. [1] **aus des Oelbaums Schlummerschatten** — aus der friedlichen Ruhe.

Seite 37. [1] **Galicien** — nordspanische Landschaft.

Seite 40. [1] **schwebet in dem Meer von Licht** — ist versöhnt zum Himmel eingegangen. [2] **Die verlorene Kirche.** — Die Sehnsucht nach dem Himmlischen gestaltet sich zu einer romantischen Allegorie, worin die andächtige Hingebung unter dem Bilde eines schön geschmückten Münsters erscheint, ähnlich wie in der Gralsage, wo der schwer aufzufindende Pfad im dichten Walde zu der wundervollsten Burg führt.

Seite 41. [1] **dunkelklar** — hellglänzend, doch wie bei Glasmalereien mit gedämpftem Licht und verdunkelt. [2] **Gottesstreitern** — Kämpfer für die Kirche in heiligen Kreuzzügen.

Seite 42. [1] **Des Himmels Glorie** — die heilige Dreieinigkeit. [2] **Edenhall** — altes Schloß in der Landschaft Cumberland im nördlichen England. [3] **Er hebt sich** — steht mühsam auf, weil er trunken ist.

Seite 44. [1] **Der Schenk von Limburg.** — „Limburg ist die jetzt ganz zertrümmerte Feste Limburg bei der ehemaligen freien Reichsstadt Hall. Der Inhalt der Ballade ist vom Dichter vollständig frei erfunden, es läßt sich also ‚der deutsche Kaiser' nicht bestimmen. Die Reichsschenken von Limburg treten mit dem Jahre 1230 in die Geschichte ein. Man weiß nur von einem einzigen Aufenthalte eines Hohenstaufenkönigs auf Hohenstaufen, Friedrich I., den 25. Mai 1181." W. L. H.

Seite 46. ¹ **verfangen** — mit Beschlag belegt.

Seite 47. ¹ **bürsten** — trinken.

Seite 48. ¹ **höhet mir den Mut** — erfreut mein Herz. ² **Als Wilhelm der Eroberer** am 29. September 1066 zu Hastings an der englischen Küste landete, sprang er allzu hastig vom Schiffe und stolperte. Die Umstehenden erschraken über dies Vorzeichen; doch Wilhelm beruhigte sie mit den Worten: „Ich habe mit den Händen von dem Lande Besitz ergriffen, und mir soll es nicht wieder entrissen werden."

Seite 49. ¹ **von Roland sang er.** — Es ist zweifelhaft, ob Taillefer ein Stück aus dem, auch in deutschen Bearbeitungen vorhandenen, Rolandsliede sang oder ein kürzeres Volkslied. Uhland scheint sich der ersteren Ansicht zuzuneigen. In der Schilderung der Schlacht folgt der Dichter genau den Berichten der Chroniken. ² **trink mir Bescheid** — ein älterer Ausdruck von der Erwiderung beim Trinken.

Seite 50. ¹ **König Wilhelm** — II. (Rufus), der Sohn und Nachfolger des Eroberers (1035—1100) wurde auf der Jagd im Walde bei Winchester von einem seines Gefolges durch einen Pfeilschuß getötet, ungewiß, ob absichtlich oder durch einen unglücklichen Zufall, indem man glauben ließ, der Schuß sei auf einen bei dem Könige vorbeistreifenden Eber (Uhl. „Hirsch") gerichtet worden. Die geschichtliche Erzählung nennt Gautier Thrrel als den Thäter (bei Uhland: Titan). ² **Prinz Heinrich** — Bruder und Nachfolger Wilhelms II. (reg. 1100—1135).

Seite 51. ¹ **Leopard** — Wappen des Königreichs England. ² **Roland** — hervorragend unter den Helden der Karlssage, war der Sage nach ein Sohn Milons von Aglant und Berthas, der Schwester Karls des Großen, der ihr wegen dieser Liebschaft viele Jahre hindurch zürnte. Als Milon umgekommen war, suchte sie mit ihrem Sohne Schutz in einer Felsengrotte als Büßerin.

Seite 53. ¹ **es stund nur an** — es dauerte nur kurze Zeit: ein altertümlicher Ausdruck; so im Teuerdank: „nicht lange es blieb stehn an".

Anmerkungen.

Seite 54. ¹ **Wat** — Gewand, Kleidung.
Seite 56. ¹ **Sein seufzend Mutterland** — das von den Feinden, besonders den Sarazenen bedrängte Vaterland.
Seite 58. ¹ **Tartsche** — eine Art langer, halbrunder Schilde.
Seite 60. ¹ **in der Wilde** — in der Wildnis, unbekannten Gegend.
Seite 63. ¹ **derweil** — während. ² **Schwäbische Kunde.** — In Sage und Geschichte des Mittelalters wird einer solchen Heldenthat oft gedacht. Im Kampfe bei Ronceval spaltet Roland einen Riesen in zwei Hälften von der Schulter bis zur Sohle. Die Geschichten der Kreuzzüge schreiben eine gleiche That dem Gottfried von Bouillon, Kaiser Konrad III. und Richard Löwenherz zu. ³ **sich abgethan** — ist verschmachtet, oder hat wenigstens den Trunk sich versagen müssen. ⁴ **forchte oder furchte** — alte Imperfektformen von: **fürchten**, noch bei Lessing: „er fühlte und furchte sich" (Laokoon).

Seite 64. ¹ **solche Streiche** — solche Hiebe; dann in zweiter Bedeutung: lächerliche und mutwillige Handlungen; daher **Schwabenstreiche**.

Seite 65. ¹ **Bidassoa** — Grenzfluß zwischen Spanien und Frankreich auf der Straße zwischen Irun und Bayonne. — Uhlands Darstellung bezieht sich auf das fehlgeschlagene Unternehmen der spanischen Freischaren unter Minas Führung im Herbst 1830. Unter vielen Gefahren und Kämpfen erreichten sie die französische Grenze. ² **Elend** — fremdes Land, Verbannung.

Seite 66. ¹ **nicht zum erstenmale.** — Mina kämpfte schon 1811 als Freischarenführer gegen Napoleon, später als Verteidiger der spanischen Konstitution, und als solcher mehrmals geschlagen und flüchtig. ² Die Prophezeiung „einst noch kehren wir zurück" erfüllte sich. Unter der Königin Christine bekleidete Mina mehrere militärische Ehrenstellen. Er starb 1836. ³ **alte Wunden** — im Rückblick auf frühere fehlgeschlagene Unternehmen für Spaniens Freiheit.

Seite 67. ¹ **Ver sacrum.** — „Es war eine altitalische Sitte, in schweren Kriegen den Göttern einen heiligen Frühling (ver sacrum) zu weihen: alle Geburten des Frühlings, vielleicht des ganzen Jahres: das Vieh ward geopfert, die Jugend, wenn sie erwachsen war, ausgesandt." Niebuhr. ² **Lavinium** —

alte Hauptstadt der Latiner. ³ **Mavors** — altlatinischer Kriegsgott (Mars), dessen Speer im Tempel aufbewahrt wurde. ⁴ **Fittiche** — Adler als günstige Vorzeichen.

Seite 68. ¹ **gefreit** — gelöst.

Seite 71. ¹ **tiefsten** — am tiefsten empfundenen und daher ergreifendsten.

Seite 73. ¹ **Tells Tod.** — Die Existenz eines Wilhelm Tell ist neuerdings mit gewichtigen Gründen in Zweifel gezogen. Nachdem ihn Schiller verherrlicht hat, gibt Uhlands Dichtung der Sage einen schönen Abschluß, und die Anrechte der Poesie wird man trotz der historischen Kritik gelten lassen. ² **vom Föhne** — durch den Föhn, den warmen Südwind, bewirkt. ³ **der wilde Schächen** — der Bergstrom bei Bürglen, das als Tells Wohnort bezeichnet wird. ⁴ **ob der Stäube** — wo das Wasser schaumspritzend niederstürzt.

Seite 74. ¹ **Rotstock** — Gebirge am Schächenthal. ² **Ferge** — Schiffer, Fährmann.

Seite 57. ¹ **dein Brauch** — bezieht sich auf die Rettung Baumgartens. ² **genesen** — mit dem Leben davongekommen.

Seite 76. ¹ **ein Bethaus** — Kapelle bei Küßnacht. ² **ein Mal** — Denkmal. ³ **von großer Dichter Zungen** — Hindeutung auf Schiller, dem sich Uhland bescheiden als der von Tells Tode singende Hirt anschließt.

Seite 77. ¹ Diese Vorwürfe beziehen sich auf den jetzt vergessenen schwäbischen Dichter Friedrich Christoph Weißer (1761 bis 1834). ² **auf Beschwörung lauscht** — wie ein verborgener Geist ans helle Licht der poetischen Darstellung gerufen zu werden verdient. ³ „Graf Eberhard von Württemberg, genannt der Greiner, auch der Rauschebart († 1392), und dessen Sohn Ulrich († 1388) sind im Chor der Stiftskirche zu Stuttgart beigesetzt." Uhland.

Seite 78. ¹ **Schlegler** — ein schwäbischer Ritterbund, mit dem Eberhard viele Fehden durchzukämpfen hatte; sie hatten ihren Namen von dem Schlegel, welcher Abzeichen und Waffe war. Besonders waren vielgefürchtet der Schleglerhauptmann, Graf Wolf von Eberstein, und Wolf von Wunnenstein, wegen seiner glänzenden Rüstung „der gleißende Wolf" genannt. Im Wunnensteinschen Wappen waren drei Beile, in dem des Eberstein eine

Anmerkungen.

Rose. Eberhard und Ulrich waren die Führer des weitverzweigten Löwenbundes, welcher vornehmlich gegen den Bund der schwäbischen Städte gerichtet war.

Seite 79. ¹ **Die drei Könige zu Heimsen.** — Das Ereignis, welches den Inhalt der zweiten Ballade bildet, fällt ins Jahr 1395 unter Eberhard den Milden. Uhland teilt es dem Großvater zu, um mehr Einheit in die Erzählung zu bringen. Der Ueberfall im Wildbad erhält seine Vergeltung.

Seite 84. ¹ **Schildesamt** — Ritterschaft. ² **im künft'gen Glanz** — Anspielung auf den Ruhm des preußischen Königshauses. ³ **Mohn** — Wappenzeichen des Hauses Sachsenheim.

Seite 86. ¹ **zerspellt** — alte Form statt zerspaltet.

Seite 87. ¹ **es steht im alten Recht** — „zwischen uns bleibt es beim alten, unser Verhältnis bleibt nach wie vor dasselbe." W. L. H. ² **nächt** — vorige Nacht, gestern. ³ **der Fink hat wieder Samen** — es ist wieder Hoffnung auf eine günstige Zukunft vorhanden. Uebrigens schadet der anekdotenartige Schluß, den die Erzählung der Chroniken an die Hand gab, dem ernsten Eindruck der Ballade, die besser mit den Thränen bei der Leiche des Sohnes schließen möchte. „Es ist der Vogel gemeint, der nach dem Winter wieder zu fressen findet. Der Fink ist nicht Eberhard." W. L. H.